도쿄를 걷다 서점을 읽다

일러두기

이 책에 등장하는 일본의 지명이나 명소는 독자가 이 책을 참고해 일본을 방문했을 때 서점 위치를 쉽게 알아차릴 수 있도록 현지 간판 혹은 안내판에 써 있는 한자, 히라가나, 가타카나, 영어 표기법을 따랐습니다. 일례로 서점 츠타야의 경우 간판에 つたやしょてん이 아닌, 蔦屋書店라고 써 있으므로 한자로, 서점 마그니프 진보초의 경우 マグニフ가 아닌, magnif zinebocho로 써 있으므로 영어로 현지의 표기법을 따랐습니다.

도쿄를 걷다
서점을 읽다

B급 디자이너의 눈으로 읽은
도쿄 서점 이야기

펴낸날 2024년 3월 15일 초판
지은이 김경일
편집 이은영
디자인 더디앤씨
마케팅 윤병일
출력 위드인
인쇄 타라타피에스
펴낸이 김경일
펴낸곳 디앤씨북스
서울시 마포구 월드컵북로5가길 8-15 3층
전화 02-792-5444 팩스 02-792-5482
www.thednc.co.kr

ISBN 979-11-89113-11-7 03810
가격 18,000원

도쿄를 걷다
서점을 읽다

B급 디자이너의 눈으로 읽은
도쿄 서점 이야기

디앤씨북스

목차

ESCENTS
三体
脱毛
サロン選び
パプリカ

GINGER

MAGNUM
Edward Weston
EDWARD WESTON
ADORNMENTS
INCOMING

バール絵本 3 講談社
バール絵本 6 講談社
ヘレン・オクセンバリー 絵 こやまなおこ 訳
WALKER BOOKS
Margot Zemach
THE JUDGE
MARCIA BROWN
BEMELMANS
H.オクセンバリー
ジャン 1899-1937
1925-
COLOR

現代日本美術
CONTEMPORARY JAPANESE ART
日本現代美术
パフォーミングアーツ

REASONS TO BE CHEERFUL
The life and work of Barney Bubbles
Paul Gorman
Typographica 6
WallWorks
La Céramique française des années 50
Jason Schmidt
Artists
Edition 7L
COLLECTOR'S BOOK OF BOOKS
Quayle
SILHOUETTE
Warhol by Galella That's Great
FIFTIES GLASS
MARCEL DUCHAMP
PLAIN BLACK : ABSTRACT PAINTINGS BY CLARE ROJAS
KAVI GUPTA
THE GREAT AMERICAN PAPERBACK
1925–1989
THE COMPLETE BOOK OF COVERS FROM THE NEW YORKER
WARHOL
DAVID BOURDON
ABRAMS
BODY/PLAY/POLITICS
Robert Motherwell

내가
가장 좋아하는
책 한 권

도쿄에는 900여 개의 서점이 있다. 그중 겨우
서른 몇 곳을 둘러봤으니, 표본으로서의 의미는 턱없이
부족하다. 혹시 도쿄의 서점 이야기에 보태어 오랜 시간 책을
디자인한 경험과 그 기간 일본의 책 디자인을 엿보며 얻은
감상 몇 개도 함께 실려있다고 덧붙이는 게 적은 표본에
대한 변명이 될 수 있을까? 그래 봐야 B급 디자이너의
시각이지만….
얼마 전까지 종이를 사용해 만든 책은 지식과 감정을
전달하는 독점적 수단이었다. 하지만 온라인이라는 새로운
전달방식이 생겼고, 이를 통해 더 많은 정보를 더 빠르게
더 많은 이가 접할 수 있게 되었다. 이 혁신적인 방법으로
인해 공유되는 지식의 총량은 종이책의 시대에 비할 수
없을 정도로 증가했고, 가장 효율적인 정보 전달 수단이었던
종이책은 비효율을 상징하는 구태가 되어가고 있다.
당연히 책을 사고파는 일도 온라인에서 이뤄지는
경우가 늘면서, 서점은 빠르게 줄고 있다. 지금 도쿄에
900여 개의 서점이 있다고 했지만 2014년 이 도시에는
1천 4백여 개의 서점이 있었다. 같은 기간 일본의 서점은
1만 6천여 개에서 1만 2천여 개로 30% 정도 줄었다.
이 한물간 수단과 이것을 취급하는 서점을 찾아 도쿄를
두리번거리는 것이 과연 생산적인 행위인가라는 의문이
들 법한 수치들이다.
그래도 위세를 잃고 저물어 가는 이 세계에서 나름의
철학으로 책을 만들고 파는 이들은 다양한 형태로 존재했다.

그 모습은 구태舊態일 수도, 향수鄕愁일 수도 있고, 진보進步나
관성慣性일 수 있지만, 모두를 관통하는 공통분모는 애정과
소통이다. 서점에서 만난 이들은 책에 지극한 애정을 가졌고,
그것을 매개로 타인과의 소통에 적극적이었다. 서점은
그들이 감정을 공유하는 따뜻한 공간이었다.
그곳에 가득한 책은 익숙지 않은 이국의 언어로 만들어져
내용을 알기에 한계가 있지만, 손끝에 전달되는 종이의
촉감만으로도 만든이의 마음을 느끼기에 충분했고,
잘 정돈된 서가의 책을 한 권, 한 권 뽑아보며 주인의 정성과
철학을 엿볼 수 있었다.
화려한 거리 긴자의 츠타야, 작은 도시 미타카의 허름한
북카페, 기치조지와 시모키타자와의 예쁜 서점과
오모테산도의 백 살 넘은 서점에서 책에 대한 진심을 보았고,
냄새도 촉감도 부피도 중량도 없는 온라인 속 책과 달리 손에
쥐어지는 사물로서의 책을 만지며 나는 행복했다.
그러나 내가 느낀 행복과 달리 그들은 한물간 세상에 머물러
있는 게 맞고, 나도 거기에 함께 있다. 이천 년 넘게 누려온
종이의 위세는 무너졌다. 책장을 넘기며 정보를 읽는 것에서,
마우스를 클릭하거나 스마트폰을 조작해 정보를 구하는
새로운 책의 세상이 열렸다.
그들과 나는 책에 관한, 한 시대가 저물고 새로운 시대가
열리는 현상을 목격하고 있다. 책을 디자인하는 내가
이 거대한 변화의 시기 한복판에 서 있는 게 큰 행운일 수
있다는 생각도 하지만, 아쉽고 무서운 마음이
드는 것은 어쩔 수 없다.

그들의 속내도 나처럼 복잡할까?
안타깝지만 그렇게 보였다. 지금까지와 다른 현실을
받아들이지 못하고 혼란스러워하는 이도, 치열하게
고민하며 새로운 세상에 맞서는 이도 있지만, 그 모습과
상관없이 소멸을 향해 나아가는 시장에서 버겁게 버티는
일은 모두 앞에 놓인 숙제였다.
그래도 나는 아무 의문도 갖지 않았고, 걱정도 하지 않았다.
그저 느긋한 마음으로 그들의 하루하루에서 아름다운
장면만 꺼내 읽었다.
어쨌거나 그들은 가장 좋아하는 책 한 권쯤 가슴에 담고,
서점을 찾는 이와 가볍게 인사를 나누거나, 안부를 묻기도
하고 서로의 책을 내놓고 감상을 이야기하며 일상을
공유하는 따뜻한 삶을 살아갈 것이기 때문이다.

Space. 1

진보초에서
이케부쿠로

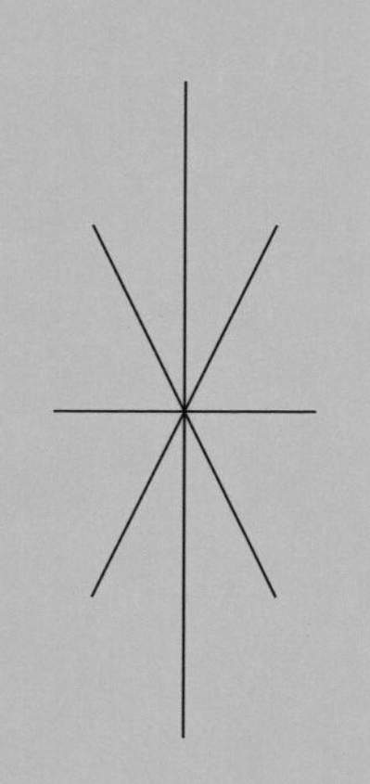

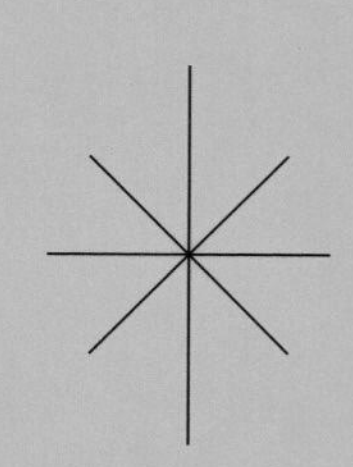

Jimbocho

Ikebukuro

진보초
이와나미북카페
난요도
파사주
도쿄도
유메노
마그니프 진보초
준쿠도

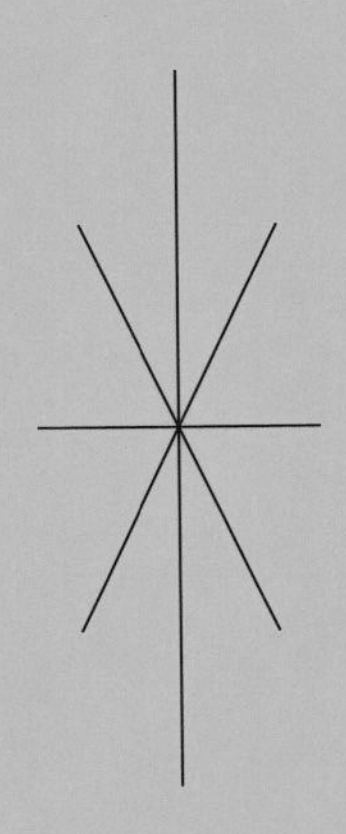

진보초는 유명하다. 많은 이가 이곳에 다녀갔고,
이곳을 이야기했다. 책과 서점에 관한 관심이 한국을 넘어
일본에까지 이른 이라면 진보초 이야기는 이미 식상할 수 있다.
그래도 도쿄의 서점을 이야기하면서 이곳을 건너뛸 수 없다.
진보초는 그저 서점이 많이 모여 있는 거리를 떠나, 일본 출판의
과거와 현재, 미래가 공존하는 곳이기 때문이다.

진보초

토리아에즈 진보초

토리아에즈 비루とりあえず ビール. '일단은 맥주부터' 정도로 해석할 수 있는데, 일본 술집에서 자주 들을 수 있는 말 중 하나이다. 자리에 앉은 후 맥주부터 한 잔 마시면서 취향에 맞는 안주와 술을 고르고 주문하는 게 이 나라 술자리의 '국룰'에 가깝다. 이걸 보고 배운 외국인도 '일단은 맥주'로 술자리를 시작하는 경우가 많아 '토리아에즈'는 외국인이 가장 먼저 배우는 일본 말 중 하나로 꼽힌다.

진보초에 메이지대학교를 비롯해 니혼대학교, 주오대학교, 센슈대학교가 들어서면서 교재를 비롯한 책 수요가 늘기 시작한 게 1880년대 후반이다. 그 바람에 서점이 하나둘 들어섰고, 그때 생겨 지금까지 명맥을 유지하는 서점을 포함해 수십 년 역사는 기본인 고서점 140개와 30여 개의 새 책 판매 서점이 여기에 몰려있다. 이런 역사성과 규모 때문에 진보초는 일본 출판의 상징으로 불린다.

진보초는 가본 사람도, 이야기하는 사람도 많아 식상할 수 있지만, 일본 출판의 상징을 빼고 도쿄 서점 이야기를 할 수 없으니 '토리아에즈 진보초, 일단은 진보초부터'다.

토리아에즈라고 했지만, 사실 진보초는 지루한 곳일 수 있다. 100년 넘은 서점이라니, 우아하게 표현하면 '레트로하다' 정도고, 아니면 올드한 분위기가 떠오른다.

이 동네 서점을 둘러보는 중에 마주치는 이들의 연령대도 제법 높다. 책에 관심이 아주 많지 않다면, 끔찍하게 지루할 수 있고, 귀한 책을 만날 수는 있지만, 예쁜 책을 파는 귀여운 서점은 드물다. 당연히 멋진 인스타그램용 사진을 건질 확률도 지극히 낮다.

그래서 가지 말라고?

마음에 정해둔 의미나 목적에 따라 지나쳐도 되는 곳이지만, 세상 사는 게 어디 내가 하고 싶은 일만 하고 살 수 있나? 이해하지 못해도 무조건 외워야 하는 수학 공식 같은 곳이려니 하고 한 번 들러보는 것도 좋다.

반나절 정도 지적인 여행자가 되기로 하고 진보초에 갈 결심을 했다면, 역에서 내리자마자 서점이 즐비한 거리를 만날 수 있는 전철 한조몬선 진보초역을 이용하는 것보다, 조금 먼 JR 오차노미즈역에서 내려 10분 정도 걷는 걸 추천한다. 이 길은 지금의 진보초를 있게 한 메이지대학교와 니혼

대학교가 있는, 일종의 기원 같은 곳이기 때문이다.

그리고 진보초를 향해 걷는 동안 몇 개의 카레 가게를 만날 수 있는데, 어느 곳이든 들러서 카레로 식사를 해결하는 것도 좋다. 이 동네는 카레가 유명하다.

진보초를 상징하는 것은 에도 시대[1]의 목판화 우키요에부터 메이지와 쇼와 시절에 이르는 시기에 출판된 다양한 서책이 가득한 고서점이다. 하지만 오래된 종이 냄새가 켜켜이 쌓인 고서점만큼이나 인문·사회·문학부터 만화, 잡지 같은 서브컬처와 사진, 영화, 음악 등의 예술서까지 개성 넘치는 컬렉션을 갖춘 서점도 많다. 심지어 그중 몇 개는 외관과 실내가 예쁘기까지 하다.

음료와 식사를 즐길 수 있는 카페가 함께 있는 도쿄도 같은 신간판매 서점도 30개나 있어 진보초를 둘러보는 것만으로 일본 출판의 과거와 현재를 함께 살펴볼 수 있다. 진보초에서 서점 둘러 보기를 시작하며 하루면 '대강'이나마 진보초를 파악할 수 있다고 여겼지만 어림없는 생각이었다. 진보초는 생각보다 매력적이어서 몇 번이고 찾아야 할 곳이었고, 실제로 그랬

다. 반나절을 예상한 당신도 이 동네의 숨은 매력을 발견하면 좋겠다.

진보초역과 연결된 진보초북센터 1층에는 이와나미 북카페가 있다. 일본을 대표하는 진보성향의 출판사 이와나미서점이 운영하는 곳인데, 분위기도 커피 맛도 훌륭하다. 이곳의 커피 한 잔으로 진보초에서의 하루를 시작하거나 마무리하면 어떨까?

드물지만 꼭 사진에 담고 싶을 만큼 예쁜 서점도 있는데, 마그니프 진보초가 그렇다. 혹시 일본 만화에 관심이 지극한 걸 숨기고 있는 오타쿠라면 남몰래 유메노서점에 찾아가길 바란다. 망가의 기원을 엿볼 수 있는 곳이다. 서점이 대부분 큰 길가에 있어 운치가 부족했지만, 진보초가 거의 끝나는 곳, 좁은 골목이 시작되는 곳에서 만난 난요도서점은 연남동 어느 골목을 걷다 마주친 독립서점 마냥, 낭만 가득하다.

생소하지만 멋진 아이템으로 운영하는 서점 파사주에서 내가 받은 감탄을 모두와 함께 나누고 싶다. 자세히 소개하지 않았지만, 한국 문학을 일본에 소개하는 출판사 쿠온이 운영하는 서점 책거리에 들렀을 때 고마운 마음과 함께 왠지 울컥하는 감정이 생겼다. 고양이 관련 책과 굿즈만 판매하는 귀여운 서점 냥코도にゃんこ堂에 가지 않은 이유가 뭔지 글을 쓰는 지금도 알 수 없다. 고양이를 좋아하는 당신은 나 같은 실수를 하지 않기 바라며, 냥코도의 홈페이지를 링크해 둔다. nyankodo.jp

괜찮은 서점 열몇 개 정도면 충분하다고 생각했지만, 진보초에는 멋진 서점이 곳곳에 숨어 있었다. 진보초에 대해 더 많이 알고 싶다면 공식 웹사이트 jimbou.info를 둘러보면 된다. 그리고 여행 버킷리스트에 언젠가 꼭 가야 할 곳으로 진보초를 추가하길 바란다. 지금부터 생각보다 매력 넘치고, 예쁜 서점 몇 개도 숨어 있는 책의 동네 진보초를 둘러보자.

'토리아에즈 진보초'

1 에도 시대江戸時代, 1603~1867년, 메이지 시대明治時代, 1868~1912년, 쇼와 시대 昭和時代, 1926~1869년.

이와나미 북카페

일본의 진보 출판을 만나다

테이블에 놓인 커피잔을 사이에 두고 작은 문고판 책이 빼곡한 서가를 마주하고 앉았다. 이와나미 북카페[1]에 들어서면 오른쪽 벽 전체를 차지하는 거대한 서가가 가장 먼저 눈에 들어온다. 서가 맞은편에는 한 줄의 긴 소파와 여섯 개의 작은 테이블이 놓여 있는데, 이 소파에 앉아 서가를 바라보고 있으면 마치 정원을 조망하며 차를 마시는 교토의 어느 다실에 앉아 있는 것 같은 기분이 든다.

이와나미 북카페는 오른편의 거대한 서가와 테이블 중심인 중앙 카페 공간, 신간 서적을 비치하고 판매하는 왼쪽 공간으로 삼등분되어 있다. 카페 오른쪽 서가에 가득한 손바닥 크기의 책 3천여 권은 이와나미문고와 이와나미신서[2]로 불리는 이와나미서점의 상징과 같은 출판물이다.

아니, 이 책들은 한 출판사의 상징을 넘어 일본 출판문화의 상징 중 하

1 이와나미 북카페가 있는 건물의 정식 명칭은 '진보초북센터 위드 이와나미북스神保町ブックセンター with Iwanami books'다. 이 건물은 북카페 외에 책과 관련한 다양한 시설로 구성되어 있다.

2 이와나미문고岩波文庫는 이와나미서점이 세계의 고전을 독자에게 부담 없는 가격에 제공하기 위해 1927년에 창간한 소형 단행본 시리즈이며, 이와나미신서岩波新書는 이와나미문고의 인기에 힘입어 1938년에 창간한 소형 교양서적 시리즈다.

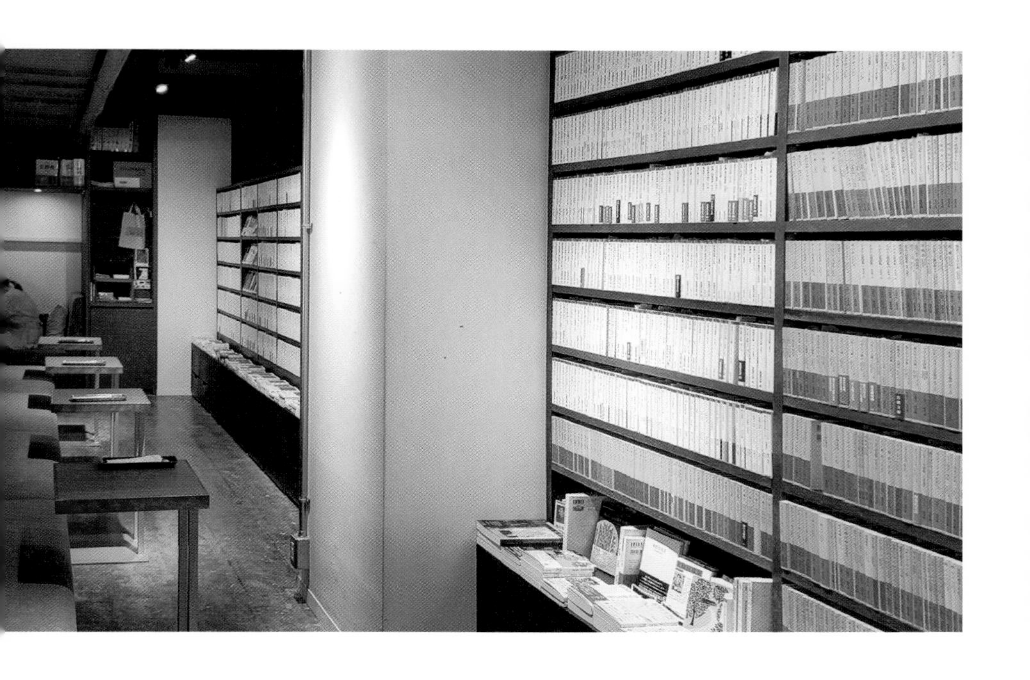

나라고 할 수 있는데, 일본 최초의 독서 붐은 이 문고의 출간으로부터 시작되었고 말해도 무리가 없다. 일본은 어느 서점을 가건 문고판을 위한 서가가 별도로 마련되어 있고, 많은 출판사가 다양한 크기의 오리지널 판형과 별도로 가로 10센티, 세로 15센티 정도의 저렴한 문고판을 함께 출판한다. 전철이나 카페에서 문고판 책을 읽고 있는 사람들의 모습은 일본에서 쉽게 볼 수 있는 풍경이다.

이 문고판을 처음 생각해낸 이가 이와나미서점의 창업주 이와나미 시게오岩波茂雄인데, 그는 1927년 이와나미문고의 첫 책을 내며 이렇게 말했다.

지금은 바야흐로 지식과 미술을 특권 계급의 독점으로부터
되찾는 것이 진취적인 민중의 절실한 요구다. 이와나미문고는 이 요구에
부응해 태어났다. 그것은 생명이 있는 불후의 책들을 소수의 서재와
연구자들로부터 해방하여 가두에 빈틈없이 빽빽하게
세워놓아 민중으로 하여금 그에 필적하게 만들리라.

해방이니 민중이니 하는 표현이 거창하게 느껴지기도 하지만, 비싼 가격 때문에 책을 접하기 어려운 이들에게 저렴한 가격의 양서를 폭넓게 보급했고, 그로 인해 모두가 공평하게 지식을 접할 수 있게 된 것. 이와나미문고의 시작은 '지식의 민주화'가 시작된 것과 같다고 할 수 있다.

이와나미문고는 책의 본질을 해치지 않는 선에서 크기를 줄여 제작비를 절감했다. 책은 작아졌지만, 본문을 구성하는 활자의 크기는 줄지 않았다. 단순히 큰 책을 축소하는 데 그친 것이 아니라는 뜻이다. 책을 구성하는 요소 중 하나인 '겉'은 소박한 형태를 지향했지만, 또 하나의 요소인 '속'은 알차게 꾸렸다. 일본을 비롯해 동·서양의 고전을 망라한 이와나미문고의 작품들은 교열과 번역에 심혈을 기울여 책의 가치가 높게 유지될 수 있게 했다.

1938년, 이와나미서점은 고전 중심의 이와나미문고와 결을 달리해 정치, 경제, 사상, 철학 등 다양한 분야의 새로운 지식을 전하는 이와나미신서 시리즈를 출간했고, 100년 가까운 세월 동안 9천여 권에 이르는 책을 세상에 내놨다. 이 시리즈 목록을 찬찬히 살피면 세상을 보는 일본 사회의 이념과 사상의 흐름을 한눈에 읽을 수 있다.

한 출판인의 의지가 일본 출판계에 혁명을 일으켰고, 그 뜻이 유지되어 일본 출판을 상징하는 아이콘이 된 것이다. 커피잔을 사이에 두고 내가 마주한 것은 이와나미 시게오가 이루고자 했던 거대한 꿈의 결정체였다.

*

일본 출판의 한 획을 그은 문고판 출간을 중심에 놓으면, 이와나미서점의 정체성은 출판사다. 이와나미 북카페는 이와나미서점이 운영하는 부속 시설 정도다. 그런데 왜 출판사 이름에 서점이 붙었냐면….

이와나미 시게오가 1913년 진보초에서 중고책을 취급하는 서점을 열었으니, 시작은 서점인 셈이다. 서점을 연 이듬해 책 판매와 함께 몇 권의 신

책이 가득한 서가 외에 별다른 장식이 없는
이와나미 북카페의 분위기는 무척 담백하다.
다른 것에 정신 팔릴 일 없이 음료나 식사와 함께
책을 읽거나 고르기에 좋은 공간이다.

간을 내놓으면서 출판사로 정체성이 바뀌었지만, 서점이 표기된 처음의 상호를 유지하면서 지금에 이르렀기 때문이다.

이와나미서점이 출판사로 이름을 알리게 된 것은 나쓰메 소세키[3]의 〈마음 고코로こころ〉을 출간하면서인데, 이와나미 시게오와 나쓰메 소세키의 만남부터 〈마음〉을 출간하기까지의 이야기가 무척 재미있다.

당시 나쓰메 소세키는 국민적 사랑을 받는 작가였는데, 둘 사이의 인연은 별것 없었다. 나쓰메 소세키가 제1고등학교와 도쿄제국대학교에서 영어를 가르쳤고, 이와나미 시게오도 이 학교들을 다녔지만, 그의 수업을 들은 것은 아니었다. 그저 나쓰메 소세키에게 가르침을 받던 제자 중 한 명이 이와나미 시게오의 고등학교 동창이라 그를 통해 나쓰메 소세키를 만날 수 있었을 뿐이다.

이 작은 인연을 내세워 나쓰메 소세키를 만난 이와나미 시게오는 당시 나쓰메 소세키가 아사히신문에 연재하던 소설 〈마음〉을 출판할 수 있게 해달라고 부탁했다. 그때까지 이와나미서점이 낸 책은 저자가 출판 비용을 내는 방식의 자비출판물 몇 권이 전부였는데, 나쓰메 소세키는 이 제안을 흔쾌히 받아들였다. 유명 작가가 작은 신생 출판사를 통해 책을 내는 경우가 얼마나 될까?

그래도 거기까지는 그럴 수 있다고 생각했고, 재미있는 건 이제부터다. 책을 출판할 자금이 충분하지 않았던 이와나미 시게오는 나쓰메 소세키에게 자비 출판을 요구했다. 이걸 배짱이 좋다고 생각해야 할지, 염치가 없다고 봐야 할지 혼란스럽다. 국민작가의 반열에 오른 이에게 이름 없는 신생 출판사가 자비 출판을 요구하다니….

하지만 나쓰메 소세키는 표지 디자인에 직접 손을 대는 것을 조건으로 이 제안 역시 수락했다. 표지를 디자인할 때면 글쓴이라는 지위를 내세워 디자인에 이런저런 간섭을 하는 이가 제법 있다. 저자 입장에서 당연한 권리라고 생각할 수 있지만, 조악한 스케치를 보여주며 똑같이 디자인해 달라

3 나쓰메 소세키夏目漱石, 1867-1916년는 소설가이자 평론가, 영문학자다. 〈도련님〉, 〈나는 고양이로소이다〉, 〈마음〉 등의 작품으로 널리 알려져 있으며, 일본인이 가장 사랑하는 작가로 꼽힌다. 1984년부터 2003년까지 천엔 짜리 지폐에 그의 초상이 있었다.

는 이도 있다. — 지가 직접 하든지. —

지금도 그런 상황인데, 당시 나쓰메 소세키가 내건 조건은 별 대단할 게 없다. 나쓰메 소세키는 〈마음〉의 표지 디자인에서 제본 방식까지 무척 많은 관여를 했다. 중국 고대 석고문의 탁본을 표지의 바탕 이미지로 삼고, 중앙에 배치한 사각형 박스에 제목과 짧은 발제문을 넣은 표지는 지금 기준으로 봐도 제법 신선하다. 내용을 암시하는 삽화는 넣지 않고 오로지 타이포그래피만으로 디자인했는데, 오렌지색 바탕에 석고문을 부드러운 크림색으로 연출한 색의 조화도 빼어나다.

이와나미 시게오의 패기 넘치는 제안으로 이루어진 〈마음〉 출판을 계기로 이와나미서점은 나쓰메 소세키의 전집까지 발간하며 출판사로서의 위상을 확고히 했다. 이후 철학과 인문, 사회 등 다양한 분야에서 좋은 책을 펴냈고, 일본 출판계에서 드물게 진보·좌파적 성향을 띠는 출판사로 일본뿐 아니라, 한국의 출판인과 지식인들로부터도 많은 관심과 응원을 받고 있다.

카페의 분위기를 다르게 느껴보고 싶어 메론 소다 한 잔을 더 주문하고 테이블을 옮겼다. 이와나미서점의 첫 책인 〈마음〉의 문고판과 이와나미신서

한 권을 샀다. 들어올 때만 해도 내가 두 번째 손님이었는데 어느덧 빈 테이블은 하나에 불과했다. 저마다 테이블을 차지하고 책을 읽거나 식사를 하고 있다. 책이 가득한 서가 외에 별다른 장식이 없는 카페 분위기는 무척 수수하다. 다른 것에 정신 팔릴 일 없이 온전히 책을 즐기기에 좋은 공간이다.

메론 소다를 한 모금 마시고 〈마음〉을 찬찬히 살펴봤다. 표지는 이와나미문고의 새로운 디자인 아이덴티티가 적용됐지만, 100년 전 나쓰메 소세키가 배경 이미지로 사용한 석고본은 여전히 표지의 절반을 차지하고 있다. 책의 맨 뒷장에는 1927년 이와나미 시게오가 이와나미문고를 출판하며 내건 선언문이 실려 있다.

… 불후의 책들을 소수의 서재와 연구자들로부터 해방하여
가두에 빈틈없이 빽빽하게 세워놓아 …

한 인간의 사사로운 인생이 아닌 의지로 가득한 꿈을 잠시 들여다봤다. 책을 조심스럽게 덮고 배낭에 넣은 후 일어섰다. 사진 찍어 인스타용으로 쓰기 딱 좋았던 예쁜 메론 소다는 시간이 지나 소다수와 아이스크림이 엉겨 그 모습이 망가져 있었다.

✳

이와나미 북카페

Add. 도쿄도 지요다구 간다 진보초2가 3-1 진보초북센터 1~3층

Open. 평일 09:00~19:00 | 토·일·공휴일 10:00~19:00

Site. www.jimbocho-book.jp

북카페 / 새 책 판매

이와나미 시게오는 독일의 레클람문고Reclams Universal-Bibliothek를 모방해 이와나미문고를 만들었다고 했다. 말하자면 일본 최초일 뿐이지, 그가 세상에 없던 형식의 새로운 것을 내놓은 것은 아니다.
미야자키 하야오宮﨑駿의 애니메이션 〈그대들은 어떻게 살 것인가〉의 원작자이기도 한 요시노 겐자부로吉野源三郎는 1938년 이와나미신서의 창간을 준비하면서, 영국의 펭귄랜덤하우스Penguin Random House가 1937년에 낸 펠리컨북스를 참고삼았다.
무엇을 보고 만들었건, 시작이 어떠하건, 이와나미문고와 이와나미신서 모두 싸고 간편하게 읽을 수 있는 책을 뜻하는 페이퍼백Paperback을 대표하는 출판물인 것은 확실하다.

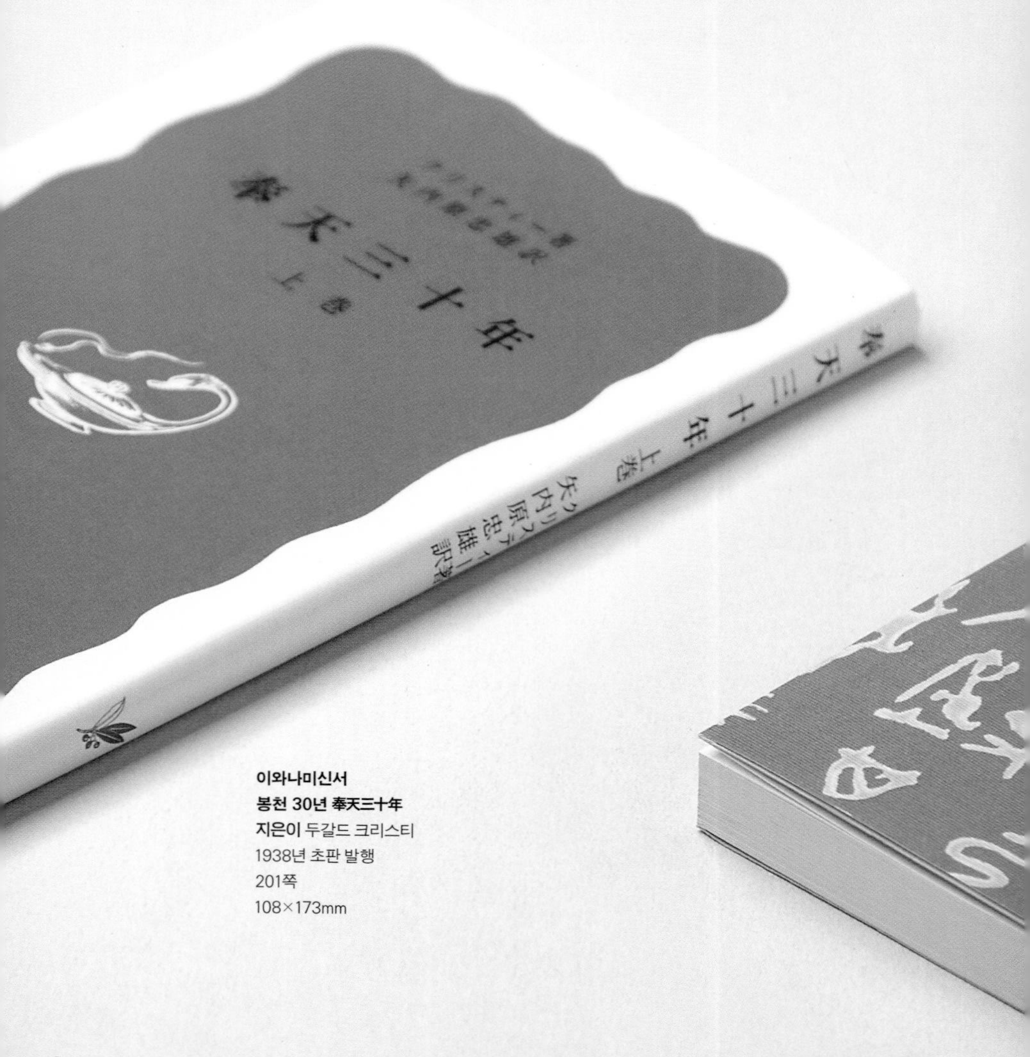

이와나미신서
봉천 30년 奉天三十年
지은이 두갈드 크리스티
1938년 초판 발행
201쪽
108×173mm

나쓰메 소세키의 〈마음〉은 출판사 이와나미서점의 공식적인 첫 출판물이자, 이와나미문고의 시작을 알린 작품이다.
이와나미신서의 첫 책은 만주의 민중을 위해 헌신적으로 봉사한 스코틀랜드인 선교사 두갈드 크리스티Dugald Christie가 청일전쟁, 의화단의 난, 러일전쟁 등이 일어난 시기인 1883년부터 1913년까지 중국 동북부 지역에서 지내며 얻은 경험을 바탕으로 쓴 〈봉천 30년奉天三十年〉이다. 훗날 이와나미서점은 당시 일본의 만주국 건설에 대한 비판과 항의의 의미에서 〈봉천 30년〉을 이와나미신서의 첫 번째 책으로 정했다고 했다.

이와나미문고
마음 こころ
지은이 나쓰메 소세키
1927년 초판 발행
300쪽
105×150mm

난요도

건축·디자인·도시 전문

건축 관련 책을 취급하는 난요도南洋堂는 진보초 거리의 끝자락 즈음에 있다. 서점이 즐비한 거리를 벗어나, 더는 서점이 없을 거로 생각한 장소에서 마주친 난요도는 개성있는 외관이 인상적이다.

노출 콘트리트 방식으로 지어진 이 아담한 건물의 출입구가 있는 왼쪽 면은 마치 일본을 대표하는 건축가 안도 다다오安藤忠雄[1]가 초기에 설계한 스미요시 주택을 연상케 할 만큼 담백하다.

스미요시 주택은 돈 많이 벌면 비슷하게 지어서 세컨드 하우스로 삼고 싶다는 생각이 들 정도로 디자인이 인상적이다. 이 주택은 외벽에 창이 하나도 없고 출입문만 존재한다. 바깥에 창이 없는 대신 거주 공간을 앞과 뒤로 분리하고 주택의 가운데 부분에 마당을 만들어 햇빛을 끌어들였다. 요즘이야 익숙한 시도지만, 사방을 벽으로 감싼 주택 중앙에 마당 즉 중정中庭이 존재하는 스미요시 주택은 무려 1976년에 만들어졌다. 2층으로 된 이 주택

1 건축에 대한 전문적인 교육을 받지 않았지만, 독학과 답사로 세계 최고 건축가의 반열에 올랐다. 물의 교회, 빛의 교회 등 자연과 조화가 두드러지는 설계와 그를 상징하는 노출 콘크리트 연출을 통해 간결하고 단순한 건축을 보여준다.

NANYODO
南洋堂

エーゲ海・キクラデスの光と影

STUDIO
Junya Ishigami
YO SHIMADA
HOUSES
JAPANESE ARCHITECTURE
TORAFU ARCHITECTS
IDEA + PROCESS 2009 - 2011
トラフ建築設計事務所
インサイド・アウト
SERPENTINE PAVILION 2019
GA ARCHITECT
PLOT 04
GLOBAL TOOLS 1973-1975

은 공간을 이동할 때마다 중정을 거쳐야 한다. 2층으로 올라가는 계단 역시 바깥에 노출되어 있어 살기에는 무척 번거로울 듯하다. 그래서 이 시도는 당시 비난과 찬사를 동시에 받았는데, 어느 건축가의 평이 인상적이었다.

"이 주택을 설계한 이가 대단한 게 아니라 이곳에 사는 주인이 대단하다."

주인이 무슨 생각으로 안도 다다오의 제안을 수용했는지 모르겠지만, 좋은 디자인을 즐기는 것은 응당 불편함을 감수해야 하는 감각적 행위라고 생각한다. 잘 생각해 보시라. 명품백이 인체공학적이거나 질기고 튼튼해서 열광하는 건 아니지 않나.

다시 난요도의 외관에 관해 이야기하자면, 왼쪽 면은 예를 들어 간판처럼 건물의 조형미를 해치는 장치를 일절 설치하지 않았다. 출입문 귀퉁이에 작게 프린트한 Nanyodo Bookshop이라는 영어 표기와 벽면에 난요도를 뜻하는 한자 南洋堂만 존재한다. 건물의 측면은 담백하지만, 전면은 1층과 2층에 걸쳐 통유리로 마감해 실내를 과감하게 노출하는 형태로 마무리했다. 이 커다란 유리창은 진열된 책을 홍보하는 쇼윈도로 사용하지 않고, 서점을 들여다볼 수 있는 역할만 하고 있다. 멋진 홍보 문구와 함께 추천하는 책을 진열하는 용도로 쓸 만도 한데, 내부를 보여주는 정도에 그치도록 한 게 궁금했다. 이 의문은 난요도의 홈페이지를 둘러본 후에 해소됐다.

이 유리면은 하나의 커다란 캔버스였다. '윈도 갤러리 프로젝트'[2]라는 이름으로 건축가나 문필가에게 의뢰해 커다란 유리에 드로잉이나 메시지를 구현하는 퍼포먼스를 주기적으로 하고 있었다. 내가 갔을 때는 프로젝트가 쉬는 기간이라 멋진 퍼포먼스를 만나지 못했지만, 홈페이지에서 그간의 아트워크를 살펴볼 수 있었던 건 다행이다.

이 프로젝트에 참여한 이들의 이력은 대단하다. 한국에서도 출간된 책 〈집짓기 해부도감〉의 저자 오시마 겐지大島健二, 일본인들이 가장 방문하고 싶어 하는 호텔 중 하나인 간쓰 호텔Ganz Hotel을 설계한 호리베 야스시堀部安嗣. 2008년 6월 첫 프로젝트를 진행한 스위스의 건축가 피터 마클리Peter Markli부

---

2 윈도 갤러리 프로젝트를 볼 수 있는 웹 사이트 www.nanyodo.co.jp/w_gallery/ctrl.php

JAPANESE
HOUSE
茶室33選
ディテール
100
details

터 2021년 11월의 다나카 도모유키田中智之까지. 이들의 윈도 갤러리 프로젝트 퍼포먼스를 홈페이지를 통해 보고, 링크된 웹 사이트를 따라가며 그들의 다양한 건축을 만나는 것으로도 가슴 벅찼다. 그중 가장 멋졌던 호리베 야스시의 간쓰 호텔은 책을 통해 링크guntu.jp를 걸어 둔다.

서점 내부는 아담하지만 2층 일부를 과감하게 개방해 좁다는 느낌은 없다. 따뜻한 톤의 조명 때문에 2층에서 내려보는 1층 풍경에서 묘한 포근함이 느껴진다. 책을 구경하지 않고 독특한 설계를 감상하는 것으로도 만족감을 얻을 수 있는 곳이다. 물론 이 서점의 컬렉션도 건물 못지않다. 한 권씩 책을 꺼내 보며 주인의 큐레이션을 감상했다.

건축은 그 자체로 멋지지만, 이를 주제로 한 책도 디자인이 훌륭한 경우가 많다. 대단한 건축물을 담은 사진이 주를 이루니, 책을 펼치며 얻는 감상부터 인상적이다. 또 담백한 레이아웃으로 건축가의 영감이 책을 읽는 이에게 잘 전달되게 하는 것을 디자인 콘셉트로 삼는다. 좋은 이미지와 심플한 디자인의 책에 마음을 뺏기는 건 당연하다.

물론 건축 관련 사진 중심의 책이 그렇다는 말이고, 건축가의 이야기나 생각을 담은 책은 텍스트가 대부분이라 디자인이 딱딱한 경우가 많다. 하지만 화려한 사진집에 정신을 뺏기는 중에 발견한 스기모토 히사쓰구杉本尚次 책의 표지 디자인은 말로 표현하기 어려울 정도로 감동적이었다.

1987년 스마이노토쇼칸住まいの図書館에서 출판한 〈거주의 에콜로지 : 일본 민가의 뿌리를 찾아서 住まいのエスノロジー：日本民家のルーツを探る〉인데, 따뜻한 질감의 종이에 오른쪽 위는 제목과 글쓴이 이름을 세로쓰기로 배치하고, 흑백으로 그린 지은이의 뒷모습을 곁에 두었다. 그리고 왼쪽 위에 배치한 출판사명을

---

3 일본 현대건축의 대부라 불리며, 일본 모더니즘 건축을 완성한 건축가로 평가받는다. 설계한 건축으로는 히로시마 평화기념 자료관, 요요기 체육관, 신주쿠의 도쿄도 청사, 도쿄 성마리아 대성당 등이 유명하다.

4 1970년 무렵부터 북 디자인에 힘을 쏟았다. 단순한 미적 관점이 아니라 지성과 사상을 포괄하는 디자인을 추구한다. 책 디자인을 중심으로 일본 현대 디자인 혁신의 중심주자로 평가받는 인물이며, 한국의 북 디자인에 많은 영향을 끼쳤다.

제외한 나머지는 모두 여백이다. 내가 디자인했다면 휑한 공간이 무서워서 뭐라도 넣었을 텐데, 이렇게 과감한 연출을 보여준 디자이너의 자신감은 어디서 나왔을까?

이 책이 있는 서가에 꽂혀 있는 몇 권의 책도 디자인이 훌륭했다. 단게 겐조丹下健三[3]의 제자인 이소자키 아라타磯崎新가 1968년에 펴낸 〈건축의 해체 建築の解体〉 표지의 탄탄한 타이포그라피와 이미지 연출을 보며 스기우라 고헤이杉浦 康平[4]를 떠올렸다. 혹시 스기우라 고헤이가 디자인한 게 아닌가 싶어 한국에 돌아와 그의 도록을 샅샅이 뒤졌지만, 이 책은 없었다. 스기우라 고헤이 스타일의 디자인을 만난 것에 만족하기로 했다.

지은이 이소자키 아라타는 이 책을 통해 포스트모더니즘 시대를 예언했다고 하는데, 표지 디자인은 이미 포스트모더니즘의 반열에 오른 게 아닌가 싶었다. 일본이 경제적으로 도약하던 1960년대부터 부富가 정점에 오른 1980년대, 그들의 디자인은 확실히 눈부시다. 그 시절에 나온 찬란한 디자인의 책이 가득한 난요도는 언젠가 디자인 프로젝트를 의뢰받았을 때, 모티프를 얻기 위해 꼭 다시 찾고 싶은 곳이다.

세련된 외관에 공들인 흔적이 역력한 큐레이션 때문에 생긴 지 오래되지 않았다고 생각했지만, 무려 쇼와 초기에 설립했단다. 쇼와는 1926년부터 1989년까지 히로히토가 일왕이던 기간의 연호이고, 그 시절의 초기라면 1930년대쯤이다. 물론 현재 건물은 1980년에 지었고, 2007년에 1층과 2층을 새롭게 고쳤다. 건물의 나이는 50살을 바라보고, 역사는 100년 가까이 된다. 어려 보이는 외모 탓에 무척 젊은 서점으로 생각했는데, 진보초의 터줏대감쯤 되는 어르신이셨다.

✳

난요도

Add. 도쿄도 지요다구 간다 진보초 1-21

Open. 12:00~18:00 | 정기휴무 목·일·공휴일

Site. www.nanyodo.co.jp

중고 책 / 새 책 판매

파사주

우리가 아직 갖지 못한
새로운 개념의 서점

'현금 결제 불가'. 서점 출입문에 쓰인 이 문구가 호기심을 자극했다. 한국에서야 어렵지 않게 볼 수 있는 안내문이지만, 여기는 일본 아닌가. 진보초가 구닥다리 시스템과 새로운 시도가 공존하는 곳이라는 생각은 했지만, 그래도 이 나라에서 보기 힘든 시도인 것은 분명하다. 거기에 깔끔한 외관과 세련된 인테리어, '사진 촬영 OK'까지. 서점 파사주Passage by all reviews는 진보초의 여느 서점과 다르게 감각적이고 개방적이다.

하지만 서점 파사주의 진짜 매력은 독특한 운영시스템에 있다. 이 서점의 서가는 한 칸마다 주인이 따로 있다. 서점은 책장을 한 칸씩 임대하고 그 칸을 빌린 사람이 자신이 소유하고 있는 책 중에서 팔고 싶은 책을 전시하고 판매하는 방식이다. 파사주에는 360여 개의 선반이 있고, 선반마다 ○○서점 같은 상호나 주인의 이름이 표기되어 있다. 말하자면 파사주는 '공동서점'이라는 개념의 플랫폼을 제공하고, 그 플랫폼 안에 세상에서 가장 작은 서점 360여 개와 360여 명의 서점 주인이 존재하는 셈이다.

내가 한국의 서점 현황에 대한 정보가 부족해서인지 모르지만, 우리나라에 이런 형태의 서점이 있다는 얘기는 들어본 적 없다. 판매하는 책은 중고 책이 대부분이지만, 출판사가 한 칸을 임차해 신간을 판매하거나 홍보하는 용도로 활용하기도 한다. 일본 출판계에서도 충분히 관심을 받고 있다는 뜻이다.

입구는 좁지만, 내부는 제법 넓다. 파리의 아케이드 거리 '파사주 데 파노라마'에서 인테리어 콘셉트를 가져왔다는데 별 감흥은 없다. 책장과 천장이 맞닿는 곳을 아치형 구조로 꾸미고 서가별로 '물리에 거리', '파스칼 거리' 같은 지명까지 붙여두었는데, 천장의 화려한 샹들리에가 없었다면 파리 같다는 느낌은 전혀 받지 못했을지 모른다.

파사주에서 선반을 빌려 자신의 서점을 내기 위해서는 1만 3,000엔의 가입비와 매월 5,500엔의 사용료를 내야 한다. 한 칸에 비치할 수 있는 책의 수는 많아야 20여 권 정도, 책을 팔아 파사주에 지불한 비용을 회수하는 건 쉽지 않아 보인다. 하지만 파사주에 서점을 내기 위해 대기 중인 예비 서점 주인이 1,000여 명에 이른다고 한다.

이들은 다 읽은 책을 팔겠다는 마음보다 자신이 읽은 책을 통해 느낀 감성을 타인과 공유하며 소통하는 데 가치를 둔 듯하다. 돈 받고 파는 단순한 물건 이상의 의미를 책에 부여한 것이다. 그래서인지 이 작은 서점 하나

OK!
鹿島茂さん
サイン入り
ALL ¥500
100 YEARS OF FASHION
ドイツ語の世界を読む
フィンランド語の世界を読む
侍女の物語 続篇

Rue
Balzac
Avenue
Marcel Proust
行動経済学
ノート
GORE VIDAL
M.E.ポーター
江戸時代
神田
神保町

하나마다 책의 줄거리나 주인의 느낌, 추천하는 글을 적은 메모지가 곳곳에 정성스럽게 붙어있다.

이곳에서 그래픽 디자이너 히라노 게이코平野敬子의 책을 한 권 샀다. 하얀색 하드커버에 양각과 음각으로 제목을 새긴 디자인이 이 서점의 운영 방식처럼 세련되고 인상적이다. 히라노 게이코는 처음 듣는 이름이지만, 검색을 통해 알아낸 그녀의 이력은 무척 화려했다. 1997년 자신의 디자인 스튜디오를 만들었고 도쿄국립근대미술관의 비주얼 아이덴티티와 시세이도, NTT 도코모의 브랜드 론칭과 광고 기획 등에 참여했고, 세계적인 디자인 공모전인 iF디자인어워드와 세계 3대 광고제 중 하나인 뉴욕페스티벌에서 금상을 받았다.

대단한 경력이지만, 정작 흥미로운 건 그녀가 2020년 도쿄올림픽 엠블럼 선정 위원이었다는 것이다. 2020 도쿄올림픽조직위원회는 표절 시비가 불거진 사노 겐지로佐野研二郎의 엠블럼을 폐기하고, 도코로 아사오野老朝雄의 디자인으로 교체했는데, 그 결과가 1964년 도쿄올림픽 엠블럼과 비교해도 형편없이 부족해 기뻤던 기억이 있다. —일본이 뭐든 못하면 기분이 좋아지는 건 당연하지.—

가메쿠라 유사쿠[1]가 디자인한 1964년 도쿄올림픽 엠블럼은 일장기를 연상케 하는 빨간 동그라미 아래 올림픽 마크를 넣은 게 전부지만, 무척 자신감 넘치는 시도였다. 포스터를 찢고 나올 것 같은 역동적인 운동선수 사진을 사용해 디자인한 포스터는 정말 호쾌했고, 이미지로 경기종목을 표현한 픽토그램은 60여 년 전 도쿄올림픽에서 처음 시도했다.

표절 시비가 붙은 2020년 도쿄올림픽 1차 엠블럼은 시시비비를 떠나 최소한 당시 트렌드에는 어울리는 시도였지만, 다시 만든 엠블럼은 논란에 움츠러들었는지 참신함이라고는 전혀 없는 '어디서나 볼 법한' 오래전 스타

1 가메쿠라 유사쿠亀倉雄策, 1915~1997 일본 그래픽 디자인의 현대화를 이끈 인물로 평가받는다. 불필요한 모든 요소를 배제하고 압축된 구성미를 보여준 1964년 도쿄올림픽 포스터와 엠블럼을 통해 세계에 일본 그래픽 디자인의 우수성을 알렸다. 구로사와 아키라黒澤明, 1910~1998, 단게 겐조丹下健三, 1913~2005와 함께 일본의 위대한 시각 예술가 3인으로 꼽힌다

일에 불과했다.

1964년 도쿄올림픽을 통해 일본 디자인계는 전에 없던 시도로 혁신적인 디자인을 보여줬지만, 2020년에는 새로움이 전혀 없는 보편적 결과물을 내놨을 뿐이다. 비단 엠블럼 디자인만이 아니다. 개막식에서 1963년 빌보드 차트 1위 곡 사카모토 규坂本九의 '스키야키Sukiyaki'를 부르고, 1964년 자신들이 처음 시도한 픽토그램을 주제로 한 퍼포먼스를 내세우며 과거의 영광을 회상하는 데 그쳤다.

디자이너 히라노 게이코를 만날 수 있다면 묻고 싶다. 그 시절 당신들이 보여줬던 화려한 혁신은 어디로 갔는지, 어쩌다 '라떼는'을 중얼거리는 처지가 됐는지….

카드 결제를 마치고 히라노 게이코의 책을 받아 서점을 나섰다. 이들의 디자인이 정체된 것인지, 한국 디자이너들의 노력이 빛을 발한 것인지 모르겠지만 이제 일본의 디자인은 전처럼 두려움으로 느껴지지 않는다. 그래도 히라노 게이코의 책 표지에서 느껴지는 촉감은 꽤 훌륭해서 전철을 타고 숙소로 돌아가는 동안 틈틈이 표지를 만지며 손끝으로 전해지는 양각의 느낌을 즐겼다.

*

파사주

Add. 도쿄도 지요다구 간다 진보초1가 15-3 선사이드 진보초빌딩 1층

Open. 12:00~19:00 | 연중무휴

Site. passage.allreviews.jp

중고 책 판매

화이트 북. 사고의 언어화에 대한 기록

White Book 思考の言語化の記録

히라노 게이코의 글과 정보 정리, 디자인으로 완성한 이 책은 2008년 긴자 그래픽 갤러리에서 개최된 전시회 〈디자인의 기점과 종점과 기점デザインの起点と終点と起点〉의 해설서이자, 이 전시에 출품한 작품이기도 하다.
아이디어나 시각적 연출이 뛰어난 책은 아니지만, 화이트 북이라는 제목에서 알 수 있듯이 컬러를 사용하지 않고 표지의 정보를 음각과 양각으로만 연출했다.
판매를 목적으로 하는 책이라면 클라이언트를 설득하기에 애먹었을 아이디어지만, 자신의 스튜디오 CDL에서 출판했기 때문에, 이렇게 과감한 디자인이 가능했을 듯하다.

출판사 커뮤니케이션 디자인 연구소
2008년 발행
237쪽
130×195mm

히라노 게이코 平野敬子 1959-

1980년대부터 시각디자이너로 활동했고, 1997년 자신의 디자인 회사 히라노스튜디오Hirano Studio를 만들었다. 도쿄국립근대미술관의 비주얼 아이덴티티, 시세이도, NTT 도코모 등의 제품 디자인과 CF 제작에 참여했다. 세계 3대 광고제인 뉴욕페스티벌과 독일에서 열리는 세계적 권위의 국제디자인공모전 iF 디자인어워드에서 수상한 이력이 있다.
2005년 디자이너 구도 아오시工藤青石와 함께 시각디자인연구소 CDLCommunication Design Laboratory을 설립했다.

도쿄도

헌책방 거리 진보초의
새 책 판매 서점

왠지 여기에 있으면 안 될 것 같은 말쑥한 외관의 큰 서점 하나가 스즈란 거리 중앙에 자리 잡고 있다. 도쿄도서점은 산세이도와 함께 진보초를 대표하는 새 책 판매 서점이다. 고서점이 즐비할 듯한 선입견과 달리 진보초는 신간 서점도 제법 많다. 그래서 진보초는 과거와 현재가 공존하는 공간이고, 이 거리가 더욱 멋진 이유도 여기에 있다.

새 책을 판매하는 서점이라 그 이력을 우습게 봤지만 1890년 오모테진보초에서 창업했고, 1982년 이곳에 번듯한 규모의 서점을 세웠다. 메이지 시대1868~1912년에 시작해 지금에 이른 것이다.

서점에 들어서면 오른쪽에 간단한 음료를 마시며 책을 읽을 수 있는 간이 카페가 있고 2층에서는 식사도 가능하다. 서점이 책만 파는 공간이 아니라 복합 문화 공간으로 탈바꿈한 건 오래전이다. 한국에서도 유명한 츠타야를 예로 들 것도 없다. 교보문고는 구매하지 않은 책도 마음껏 읽을 수 있는 테이블을 뒀고, 식사와 음료를 파는 공간이 함께 있다. 책도 사고 커피도 한 잔 마실 수 있는 동네 서점을 만나는 건 흔한 일이다.

대형 서점의 장점 중 하나는 판매하는 책의 정보가 알기 쉽게 정리되어 있다는 것인데, 도쿄도도 그렇다. 실내에 들어서면 주간 베스트셀러와 도쿄도의 추천 도서가 잘 큐레이션 돼 있다. 신간과 분야별 도서가 잘 정리된 서가는 지금까지 둘러본 고서점과 달리 말끔하고 쾌적하다. 어수선한 고서점을 숨 가쁘게 둘러보던 중에 만난 이곳에서 잠시 숨을 고르고 일본 출판의 현재를 차분히 느껴보기로 했다.

서점 중앙에는 이 서점이 자랑하는 도서 진열대가 있다. 일본에서 최초로 시도한 '군함 형태'의 진열대라고 하는데, 몇 번을 봐도 군함의 모티프를 찾기 어렵다. '지혜의 샘'이라는 멋진 이름까지 붙여주며 자랑스러워하는 모양인데 별반 대단할 게 없어 보인다. 시답지 않은 것에도 최초니 3대니 하는 수식어를 두는 일본인의 성향에서 나온 것일 수도 있겠지만, 혹시 내가 모르는 대단한 판매 촉진을 위한 숨은 공식이 있을 수 있으니, 그 최초 시도라는 것에 밑줄은 그어두자.

서점 안쪽에는 문고판을 꽂아 둔 서가가 있다. 이와나미서점에서 처음 시도한 문고판이 일본 출판계에 혁명을 일으켰다고 했는데, 여러 출판사에서 발간한 다양한 문고판을 보면 그 혁명의 실체를 느낄 수 있다.

이 서가에서 슈에이샤의 문고판 3권을 골라 구입했다. 한국에서도 인기가 많은 일러스트레이터 노리타케의 그림으로 표지를 디자인한 한정판이다. 한국에서 아마존재팬을 통해 두 번이나 주문했지만, 일반판을 포함해 랜덤으로 보내주는 바람에 모두 일반판을 받았는데 드디어 목적을 이뤘다.

일러스트레이터 노리타케를 처음 알게 된 건 대략 7년 전이다. 후쿠오카의 한 서점에서 흑백으로 그린 묘한 표정의 얼굴이 덩그러니 있는 표지를 발견하고 첫눈에 반했다. 디자인을 주제로 다룬 〈나루호도 디자인なるほどデザイン〉이라는 제목의 책인데, 자료 이미지를 풍부하게 사용해, 텍스트를 이해하지 못해도 저자가 말하고자 하는 바를 쉽게 이해할 수 있는 편집이었다. 디자이너는 물론이고 일반인이 읽어도 좋을 만큼 훌륭한 구성이라 선뜻 구매했다.

나루호도なるほど는 우리말로 번역하면 '과연'이라는 뜻으로 해석할 수 있는 감탄사인데, 노리타케의 일러스트는 '우와' 정도의 과장된 표현이 아니라 '오호'쯤 되는 호기심 어린 묘사였다.

지금은 노리타케의 굿즈를 판매하는 온라인 숍도 생겼고, 스포츠 브랜드와 컬래버레이션한 제품이 조기 품절될 정도로 인기가 많지만, 당시는 한국에 거의 알려지지 않아, 어렵게 검색하며 노리타케의 팬이 됐다. 그의 일러스트를 특정할 수 있는 몇 가지는 무표정한 얼굴 표현과 미니멀한 구성 그리고 컬러 사용이 전혀 없는 흑백 드로잉이다. 특히 무표정한 얼굴 드로잉은 노리타케의 상징과 같은데, 〈나루호도 디자인〉에 실린 노리타케의 일러스트는 표정이 무척 풍부한 편에 속한다는 걸 나중에 알았다.

어떻게든 한 번은 〈나루호도 디자인〉 스타일로 표지를 만들고 싶어, 몇몇 프로젝트의 디자인을 제안할 때 비슷한 시안을 만들어 제출했지만, 채택되지 않았다. 오래 알고 지낸 일러스트레이터에게 노리타케의 일러스트를 보여주며 똑같이 그려달라고 했다가 멱살을 잡힐 뻔한 적도 있다. 서로 씩씩거렸지만 생각하면 그 친구에게 무례한 요구를 한 게 맞다. 새로운 창작물을 낼 고민은 하지 않고 남의 스타일에 기댈 생각을 했으니 디자이너로서 크게 반성할 일이다.

독자의 호기심을 자극하는 카피를
중심으로 잘 정리한 큐레이션은 규모를
갖춘 대형 서점의 특별한 판매 기법인데,
베스트셀러와 추천 도서가 정갈하게
정리된 서가를 보면 도쿄도가
그 기법에 아주 충실한 것을 알 수 있다.

도쿄도는 1층에서 3층까지 층별로 테마를 정하고 그에 맞춰 책을 컬렉션했다. 1층은 '미래를 예견하다'를 주제로 신간과 잡지, 문고판 중심, 2층은 '인류의 행동을 파악하다'를 주제로 비즈니스, 실용, 사전 및 예술 관련 서적이 비치되어 있다. 3층은 '인류의 사고를 따라가다'를 주제로 한 문학과 인문학 중심의 서가가 메인이다. 테마와 비치한 책의 상관관계가 썩 이해되지 않지만, 독자의 호기심을 자극하는 카피를 중심으로 잘 정리한 큐레이션은 규모를 갖춘 대형 서점의 특별한 판매 기법이다.

에스컬레이터를 이용해 올라간 2층 한편에는 식사를 즐길 수 있는 공간이 있다. 카레가 유명한 진보초답게 카레라이스가 메뉴판의 제일 윗자리를 차지하고 있다.

3층에는 지방의 소규모 출판사에서 출판한 책을 모아놓은 서가가 있는데, 책의 출신지를 통해 지역별 출판 특성을 알아볼 수 있는 재미있는 공

간이다. 큰 출판사의 잘 팔리는 책 중심으로 서가를 꾸미는 건 당연한 일이니, 작은 출판사의 책이 큰 서점의 서가에 꽂히기란 쉬운 일이 아니다. 돈 버는 공간 일부를 비우고 작은 출판사에 기꺼이 자리를 내준 배려가 인상적이다.

서점을 나오면서 1층 카페의 180엔짜리 저렴한 커피 가격에 혹해 빈자리를 찾아봤지만, 만석이었다.

도쿄도

Add. 도쿄도 지요다구 간다 진보초1가 17번지

Open. 평일 11:00~20:00 토요일 11:00~19:00 | 연중무휴

Site. www.tokyodo-web.co.jp

새 책 판매 / 카페, 식당

슈에이샤문고 集英社文庫의 나쓰이치 ナツイチ

드래곤볼, 원피스, 나루토, 슬램덩크가 연재된 만화잡지 〈소년 점프少年ジャンプ〉로 유명한 슈에이샤集英社는 고단샤, 쇼가쿠칸과 함께 일본의 3대 출판사로 불린다. 〈소년 점프〉와 패션지 〈논노non-no〉 등 만화와 잡지가 먼저 떠오르지만, 문학과 인문, 경제, 예술 등 다양한 분야의 책을 출판하고 있다.
슈에이샤문고集英社文庫는 말 그대로 100×105mm의 문고판을 주로 내는, 슈에이샤의 서브 브랜드이다. 나쓰이치ナツイチ는 여름을 뜻하는 나쓰와ナツ와 숫자 하나를 뜻하는 이치イチ를 합친 말인데, 슈에이샤문고가 여름 휴가나 방학 기간에 한 권의 책을 읽어보자는 의미로 1991년부터 매년 진행하는 세일즈 프로모션이다. 단순히 문학 작품 몇 편을 선정해 발표하는 것이 아니라, 인기 성우가 작품을 읽어 주는 오디오북 발매, 노리타케의 일러스트를 사용해 표지를 디자인한 리미티드 에디션 발행과 굿즈 증정 등 다양한 이벤트를 벌인다.

슈에이샤문고 | bunko.shueisha.co.jp

디자인 도쿠노 유키德野佑樹
일러스트 노리타케 Noritake
105×150mm

〈세상을 이렇게 보자 世界を、こんなふうに見てごらん〉
히다카 도시타카日高敏隆

1930년 태어나 2009년 사망한 히다카 도시타카는 일본 최고의 동물행동학자이다. 교토대학교 명예교수와 일본곤충학회장, 일본동물행동학회장을 맡았다. 인간과 동물의 관계를 통해 생명과 자연의 이야기를 어린이의 시각으로 이해하기 쉽게 해석한 이 책은 2013년 출판되었다.

〈마음 こころ〉
나쓰메 소세키夏目漱石

나쓰메 소세키가 1914년 4월 20일부터 8월 11일까지 아사히신문朝日新聞에 연재했고, 같은 해 9월 이와나미서점에서 단행본으로 출판한 중편소설이다. 1910년 전후 도쿄를 배경으로 화자인 젊은 청년과 그가 선생님이라고 부르는 노인의 관계를 그리고 있다. 일본인이 가장 많이 읽는 소설 중 하나이며, 일본 근대소설의 규범으로 평가받는다.

〈봄, 다시 오다 春、戻る〉
세오 마이코瀬尾まいこ

세오 마이코는 1974년 일본 오사카에서 태어났다. 2002년 〈생명의 끈〉을 내며 데뷔한 이래 리듬감 있고 따스한 문체로 많은 이의 사랑을 받고 있다. 한국에서도 〈새벽의 모든〉 〈걸작은 아직〉 〈행복한 식탁〉 〈부드러운 음악〉 〈도무라 반점의 형제들〉 〈별을 읽는 루이즈〉 등 여러 작품이 출판됐다. 일본 전통과자점을 배경으로 하는 가슴 따뜻한 이야기인 〈봄, 다시 오다〉는 2014년 출판되었다.

유메노

쇼와의 만화 전문

도대체 이 서점을 어떻게 찾아갔는지 지금도 미스터리다. 건물 1층에 여러 서점 이름과 함께 표기된 작은 명패가 이 서점의 유일한 간판이었다. 더구나 제법 인기 있는 식당과 같은 층을 쓰는 통에 식당 대기 줄을 서점 대기 줄로 착각까지 했다. 출입문에도 간판 대신 코팅한 노란 종이 한 장이 무심하게 붙어 있을 뿐이다. 물론 만화책을 파는 딱 그런 공간, 아니 꼭 만화책을 팔아야 할 것 같은 분위기인 것은 맞다.

어렵게 찾아왔지만, 서점에 발을 들이는 순간 유쾌해졌다. 사방이 만화책이니 당연한 기분이겠지만, 서가에 가득한 만화책보다 다양한 캐릭터의 소품으로 꾸민 천장에 마음을 먼저 빼앗겼다. "아…." 하는 감탄사와 함께 익숙한 캐릭터를 찾아가다 무의식중에 서점을 한 바퀴 돌았다.

이 서점에서 가장 눈에 띄는 곳은 데즈카 오사무手塚治虫를 위한 공간이다. 이 공간은 판매용 책을 전시해 놓은 곳이라기보다 마치 그를 기리는 신성한 공간처럼 보였다. 원래 이 서점의 출발은 '만화책도' 취급하는 서점이었지만, 데즈카 오사무의 열렬한 팬인 창업주의 취향이 슬금슬금 반영되면서 '만화책만' 파는 서점으로 정체성이 바뀌었다.

鳥
火の鳥
手塚治虫作品集

데즈카 오사무를 위한 이 신성한 공간은 창업주 세계관으로 채워진 곳이자, 진보초 최초의 만화책 전문 고서점 유메노夢野의 기원인 셈이다. 그는 우리에게 철완 아톰의 작가 정도로 알려졌지만, 일본 만화는 데즈카 오사무 전과 후로 나뉜다는 말이 있을 정도로 만화사에 끼친 업적이 대단하다. 잡지에 매호 연재되는 방식을 처음 도입했고, 어린이 만화에 비극적 스토리 전개를 처음 시도한 것도 그라고 한다. 밀림의 왕자 레오를 보면서 가슴 먹먹했던 이유가 거기에 있었나 보다.

데즈카 오사무의 만화책으로 가득한 서가 왼편에는 그의 마지막 작품인 〈불새〉의 애니메이션 포스터와 실사 영화 포스터가 붙어 있는데, 일본은 제발 매번 실패하는 만화 원작의 실사 영화는 만들지 않았으면 좋겠다.

1954년 연재를 시작해 1988년까지 이어진 이 불후의 명작은 그의 사망으로 인해 연재가 중단되었다. 서기 3세기부터 시작해 35세기를 넘나드는 시공간을 배경으로 일본의 역사와 신화, 데즈카 오사무의 종교관까지 포함된 〈불새〉의 방대한 서사는 어쩐지 이불 위에 누워서 볼 게 아니라, 도서관에서 '각' 잡고 읽어야 할 것 같은 기분이 든다.

이 만화가 미완성으로 끝난 게 아쉽지만, 그 때문에 데즈카 오사무는 아직도 이 시대에 우리와 함께 존재하고 있는 것 같다.

서가에는 쉽게 보기 힘든 쇼와 시절의 만화책이 가득 꽂혀 있다. 워낙 귀한 책들인 탓에 대부분 비닐로 꼼꼼하게 포장되어 내용을 볼 수 없는 것은 아쉽지만, 한 권씩 꺼내 표지를 감상하는 것으로도 행복하다.

1960년대부터 1990년대까지 발행된 만화 잡지 〈가로ガロ, Garo〉가 있는 서가에서는 한 권씩 책을 꺼내 보며 시대별로 다른 표지 변천사를 감상하거나, 1년 치 〈가로〉를 모두 꽂아 놓으면 책등에 연결된 그림이 하나의 작품이 되는 멋진 시도도 감상할 수 있다.

매호 하나의 테마를 정하고, 이를 진보적 시각으로 해석한 가로는 한때 일본 좌파 학생운동가들에게 많은 영향을 끼쳤다. 특히 1960년대 〈가로〉의 표지를 보면 편집부와 이 잡지에 참여한 작가들이 당시 일본 사회에 가졌던 문제의식과 비판 정신을 짐작할 수 있다.

1960년대는 청년을 중심으로 한 저항의 시대였다. 유럽과 미국뿐 아니라 아프리카와 아시아 일부에서도 제국주의와 보수적 가치관에 대한 저항이 생겨났다. 아프리카와 아시아에서는 독립을 위한 투쟁이 시작됐고, 미국에서는 베트남전쟁에 반대하는 목소리가 터져 나왔다. 유럽에서는 여성해방과 다양한 가치관의 존중을 요구하는 5월 혁명이 일어났다.

한국은 청년들이 독재에 맞서는 4·19혁명이 일어났고, 일본은 미국과 맺은 신안전보장조약新安全保障條約[1]에 반대하는 투쟁을 계기로 젊은이들의 저항이 시작됐다. 그 시절 청년 중심의 저항은 새로운 문화를 창출했고, 그로 인해 사회는 진보했다. 미국에서 밥 딜런은 반전과 평화를 노래했고, 한국에서 김수영과 신동엽은 시를 통해 잘못된 방향으로 나아가는 한국 사회를

1 미·일 양국은 1951년 체결한 미일안보조약을 1960년에 개정하였다. 미군이 일본을 방위하는 대신, 주일미군에 대 한 공격에 대해서 자위대와 주일미군이 공동으로 방위 행동을 취하는 것을 골자로 한다. 일본에서는 '안보투쟁' 혹은 '60년 안보'라고 한다.

2 미즈키 시게루水木しげる, 1922~2015년 일본 요괴 만화의 거장이라 불리는 인물. 태평양전쟁 당시 폭격을 맞고 왼팔을 잃었는데, 작품에 등장하는 요괴 친구들은 한쪽 팔을 잃은 자신을 투영한 것으로 평가된다. 자신의 어린 시절 경험을 바탕으로 한 자전적인 만화와 일본의 시대상을 담아낸 역사 만화로 평론가들에게 찬사를 받았다.

비판했다. 일본에서 멋진 언더그라운드 잡지 〈가로〉가 나온 것도 저항에 따른 산물일 수 있다.

하지만 일본 사회는 자유당과 민주당의 야합으로 생겨난 자민당의 정치에 의해 빠르게 보수화되며 문화적 역동성이 사라졌다. 이제 일본에서 〈가로〉 같은 성향의 잡지는 사라졌다. 언젠가부터 말초적 감정만 자극하는 오타쿠 중심의 동인지가 일본을 대표하는 언더그라운드 매체로 자리 잡은 게 안타깝다. 이 서점에서 아니 진보초의 서점을 다니며 가장 많은 시간을 보낸 게 〈가로〉의 서가 앞이다.

서점을 나오다 미즈키 시게루[2]의 〈게게게의 기타로ゲゲゲの鬼太郎〉가 그려진 사인을 발견했다. 작가의 사인은 일본 서점에서 심심치 않게 발견할 수 있지만, 캐릭터가 함께하는 만화작가의 사인은 특별하고 재미있다.

꽤 많은 작가의 사인이 있었지만 단박에 알아본 건 미즈키 시게루의 것이 유일했다. 반갑기도 하고 놀랍기도 했는데, 아무래도 놀라움이 먼저인 듯하다. 사인에 붙여진 가격표의 금액은 무려 88만 엔이었다.

유메노

Add. 도쿄도 지요다구 간다 진보초 2-3 간다코쇼센터 2층

Open. 평일 10:00~18:30 | 일요일 11:00~17:30

정기휴무 1·3주 일요일, 12월 31일~1월 3일

Site. www.yumeno-manga.com

중고 책 판매

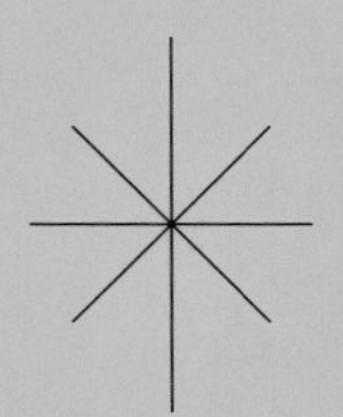

내 마음을 흔든 진보초 서점 여덟 곳

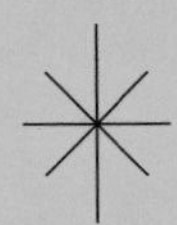

1

사와구치서점

澤口書店

Add. 도쿄도 지요다구 간다 진보초 1-7 겐코고빌딩 1~2층

Open. 11:00~19:00 | 연중무휴(연말연시 제외)

Site. sawatokyokoshoten.com

짧게는 수십 년에서 길게는 백 년의 역사를 가진 서점이 흔한 진보초에서 1996년에 영업을 시작한 사와구치서점의 역사는 짧은 편에 속한다. 하지만 깔끔하게 정리된 매장과 음료를 함께 즐길 수 있는 휴게공간까지, 길지 않은 이력을 세련된 운영시스템으로 보완했다. 진보초에 3개의 매장이 있는데, 세 곳 중 500엔 이상 책을 사면 2층의 카페에서 무료로 커피 한 잔을 마실 수 있는 겐코고빌딩점을 추천한다. 이 카페의 분위기는 생각보다 훌륭해서, 책을 떠나 커피 한 잔을 목적으로 방문해도 충분한 곳이다. 일본 문화와 미술 관련 서적이나 희귀본 만화가 눈에 띄지만 잡지, 전집, 문고 등 한 분야에 치우치지 않고, 다양한 장르의 책이 넓은 매장에 찾기 쉽게 진열되어 있다.

2

야구치서점

矢口書店

Add. 도쿄도 지요다구 간다 진보초 2-5-1

Open. 10:30~18:30 일·공휴일 11:30~17:30

Site. yaguchishoten.jp

진보초가 오래된 서점이 모인 동네이긴 하지만, 거리는 현대적 건물 일색이다. 많은 서점이 높은 빌딩 일부를 임차해 운영하고 있고, 오롯이 자기 건물에서 서점을 운영하는 경우는 드물다. 야구치서점은 그 드문 경우 중의 하나이며, 진보초에 어울리는 레트로한 외관을 가진 서점이다. 이 서점 한쪽 벽을 전부 채운 가판대에서 책을 고르는 사람들이 있는 풍경은 진보초를 대표하는 이미지이기도 하다. 영화, 연극, 희곡, 시나리오가 크게 쓰여있는 간판에서 1918년 개업해 100년 넘은 역사를 가진 이 서점의 정체성을 알 수 있다. 협소한 실내에는 다이쇼 시대에서 현재까지의 영화 관련 자료가 가득하다. 이곳에서 보는 자료만으로도 일본 영화의 시대적 흐름을 읽을 수 있다.

3

북하우스카페

Book House Cafe

Add. 도쿄도 지요다구 간다 진보초 2-5 기타자와빌딩 1층

Open. 11:00~18:00(마지막 주문은 17:00까지) | 연중무휴(단, 연말연시에는 휴무)

Site. bookhousecafe.jp

1902년 창업한 기타자와서점이 2017년 만든 진보초 유일의 어린이 책 전문 서점이다. 밝고 경쾌한 공간에 다양한 어린이 책이 1만 권 이상 큐레이션되어 있다. 서점 안쪽에는 동화책 관련 원화 등을 전시하는 갤러리도 있다. 나이 든 이들의 동네로 읽히는 진보초에서 어린이를 만나는 일은 드문데, 서점 한편의 의자에 나란히 앉아 책을 보는 아이들을 마주치니 반가움과 함께 신기한 마음이 들었다. 서점의 중앙에는 식사와 음료를 즐길 수 있는 테이블이 준비되어 있는데, 밤이 되면 술을 파는 공간으로 변신한다. 2층에는 기타자와서점이 있는데, 들러서 책은 사지 말고, 꼭 구경만 하기 바란다. 부자들의 서재 장식을 목적으로 하는 럭셔리한 영어판 고서적이 대부분이다.

4

도리우미서방

神保町 鳥海書房

Add. 도쿄도 지요다구 간다 진보초 2-3 간다 고서센터 3층

Open. 평일 10:00~18:30 일 · 공휴일 11:00~17:30 | 연중무휴(단, 연말연시에는 휴무)

Site. twitter.com/nyhk4

간다 고서센터 3층에 있는 동 식물 관련 도서를 전문으로 하는 서점이다. 미로처럼 이어지는 방을 따라 분류된 컬렉션이 무려 40여 종에 달하지만, 낚시 관련 큐레이션이 가장 막강하다. 1958년 서점을 차린 주인의 취향이 반영된 결과인데, 책을 사고파는 것에 그치지 않고 낚시 문화와 관련된 책의 출판까지 했을 정도로 전문적인 영역을 구축했다. 출판업에 진출하며 창업주가 한 "도리우미서점은 낡은 문화의 전승자가 아니어야 한다"라는 말은 이 서점의 정신을 이야기함과 동시에 진보초가 나아갈 바를 이야기하는 것 같다. 관심 있는 분야가 아니라 시큰둥한 마음으로 방문했지만, 훌륭한 인쇄와 제본으로 제작된 도록들에 마음을 빼앗겨 오랜 시간 머문 곳이다.

5

나가모리서점

永森書店

Add. 도쿄도 지요다구 간다 진보초 1-11-2 덴카이치 제2빌딩 1층

Open. 11:00~18:00 | 정기휴무 일요일·명절

Site. nagamorishoten.com

이곳을 나오면서 진보초는 단순히 오래된 책을 파는 서점이 모여 있는 거리가 아니라, 그 이상의 무엇이 존재하는 곳이라는 것을 느꼈다. 좁은 실내에는 100여 전의 그림엽서부터 팸플릿, 고지도 등 여행 관련 컬렉션이 가득하다. 특히 그 시절 지방 관청이나 관광협회, 철도회사에서 발행한 여행안내서의 완벽한 내용과 편집, 인쇄술을 보면, 감탄에 앞서 이 나라가 호시절을 누리던 그때, 조선의 암울한 상황이 함께 떠오르며 안타까운 마음이 먼저 든다. 여러 번 접어 편하게 휴대할 수 있게 만든 팜플릿에 실린 지도의 정교함이 상당해서, 마치 십몇 년 전 한국 여행업계와 지자체 관광홍보 부서 담당자의 가슴을 들뜨게 했던 일러스트 지도 비틀맵의 메이지 시대 판을 보는 것 같다.

6

보헤미안 길드

ボヘミアンズギルド

Add. 도쿄도 지요다구 간다 진보초 1-1 기노시타빌딩 1~2층

Open. 12:00~18:00 | 연중무휴

Site. www.natsume-books.com

미술과 사진, 디자인 관련 책과 도록이 1, 2층에 걸쳐 준비되어 있다. 진보초에서 만나기 힘든 귀여운 외관을 가지고 있다. 물론 진보초에서나 통할 정도의 외모이다. 대단한 무엇을 기대할 수는 없어도 좋은 사진 몇 장 정도는 건질 수 있다. 1층은 여느 서점과 다를 바 없지만, 다루는 책의 콘셉트에 맞게 아기자기하고, 저렴한 가격의 우키요에 재현본도 팔고 있다. 희귀본과 책에 사용한 원화를 전시하는 갤러리가 있는 2층은 꼭 들러야 한다. 서정적인 여성을 그린 작품으로 일본인들에게 사랑받은 일러스트레이터이자 화가 다케히사 유메지竹久夢二의 컬렉션은 보헤미안 길드의 자랑이다. 원화뿐 아니라 그의 일러스트로 표지를 꾸민 다양한 서적의 초판본과 엽서 등을 만날 수 있다.

7

오야쇼보

大屋書房

Add. 도쿄도 지요다구 간다 진보초 1-1

Open. 11:00~18:00 | 정기휴무 일·공휴일

Site. www.ohya-shobo.com

1882년, 메이지 15년에 생긴 이 서점은 에도 시대 간행된 모든 종류의 출판물을 취급한다. 당시 이 지역에 생기기 시작한 대학교의 교수와 학생들이 필요로 하는 책을 취급하는 것으로 시작했으니, 진보초다운 서점의 원류쯤 되는 곳이다. 현재도 일반인보다 학자와 교수 등 전문가들이 더 많이 찾는 곳이기도 하다. 고서를 펼쳐보고 가치를 평가할 능력은 없지만, 책마다 제목을 달아 표지에 끼운 표식을 보는 게 장관이다. 멋진 타이포그래피를 감상하는 기분이다. 귀한 책이지만 편하게 꺼내 보는 것을 허용한다. 무심하게 쌓여있는 우키요에 재현본의 가격은 한 장에 무려 80만 원이 넘는다. 살 수 없지만 한 장씩 조심스럽게 넘겨보며 느끼는 황홀감은 말로 표현이 불가능하다.

8

책거리

チェッコリ, CHEKCCORI

Add. 도쿄도 지요다구 간다 진보초 1-7-3 산코도빌딩 3층
(1층 소바집 왼쪽 옆 계단을 올라가서 2층에서 엘리베이터 이용)
Open. 평일 12:00~20:00 토·공휴일 11:00~19:00 | 정기휴무 일·월요일
Site. www.chekccori.tokyo

진보초의 유일한 한국 책 전문 서점. 일본어로 출판된 한국 문학과 한국에서 출판된 책을 다룬다. 한국의 문학을 일본에 알리는 것을 목표로 하는 출판사 쿠온CUON을 설립한 김승복 대표가 2017년 한국 책 관련 홍보와 이벤트를 겸하는 공간으로 만들었다. 진보초의 여러 서점을 둘러보며 만난 이국의 책들 속에서 한국 책을 만나는 반가움이 크다. 출판사 쿠온은 2011년 한강의 〈채식주의자〉를 첫 책으로 내면서, 한강을 일본인들이 가장 사랑하는 한국 작가 중 한 명으로 만들었다. 책거리는 책 판매를 넘어 한국 문학을 직접 접할 수 있는 교류의 장소로 자리매김하고 있는데, 다양한 북 토크를 여는 것은 물론이고, 일본 독자들을 대상으로 한국 문학 투어 등도 함께 기획하고 있다.

내 마음을 흔든 진보초 서점 여덟 곳

1. 북하우스카페
2. 야구치서점
3. 도리우미서방
4. 나가모리서점
5. 책거리
6. 사와구치서점
7. 오야쇼보
8. 보헤미안 길드

마그니프 진보초

인스타용 외관을 가진 귀여운 서점

마그니프 진보초magnif zinebocho의 외관은 예쁘다. 인스타그램용 사진에 딱 맞는 외모를 갖고 있다. 유리창 너머로 새어 나오는 따뜻한 색감의 불빛과 노란색 프레임 앞으로 살짝 어수선하게 쌓인 책들까지. 이 서점을 배경으로 사진 찍는 걸 건너뛸 수는 없다.

외관도 인상적이지만 상호도 재미있다. 영어로 표기한다면 magnif Jimbocho가 맞지만 Jim을 Magazine의 zine으로 살짝 바꿔 zinebocho로 표기했다. magnif도 매거진에서 파생된 단어의 조합이라지만 설명을 듣기 전까지는 알 수 없는 일이다. 그저 이 표기 하나만으로도 서점의 정체성을 단박에 알 수 있다.

내부는 진보초 고서점답게 적당히 좁고 산만하지만, 제법 경쾌한 분위기도 함께한다. 아무래도 진열된 잡지의 표지가 실내 분위기를 밝게 만드는 모양이다. 1970년대 〈뽀빠이POPEYE〉와 1960년대 〈앙앙anan〉이 서가에 가득한데 왜 안 그렇겠는가. 일본의 경제적 도약이 시작되는 이 시절의 잡지는 표지부터 밝고 유쾌하다.

이 서점이 자랑하는 컬렉션은 패션 관련 매거진이지만 컬처, 라이프 스타일, 사진 등 다양한 콘셉트의 잡지도 가득하다.

무엇보다 반가웠던 건 40여 년 전 발행된 〈스튜디오 보이스Studio voice〉를 만난 것이다. 2000년대 초반, 이 멋진 잡지를 처음 본 순간 망치로 머리를 맞은 것 같은 충격을 받았는데, 1980년대 〈스튜디오 보이스〉도 요즘 발행되는 여느 잡지에 뒤지지 않을 만큼 크리에이티브했다. 〈스튜디오 보이스〉는 페이지 하나하나를 책에 종속된 개체가 아니라 하나의 독립된 생명체로 만들 수 있다는 걸 깨우치게 해줬다.

모든 페이지의 디자인이 현란하지는 않았지만, 스페셜한 테마를 중심으로 지면을 과감한 레이아웃과 그래픽으로 꾸몄고, 그 멋진 페이지를 조심

스럽게 뜯어내 벽에 붙이면 그대로 포스터가 되는 마법을 보여줬다. 한 페이지 한 페이지가 살아있는 유기물로 보였다.

1976년 창간된 이 잡지는 창작 공간(STUDIO)에서 울리는 목소리(VOICE)를 핵심가치로 삼아 예술문화와 창작, 음악과 라이프 스타일에 관련된 정보를 주로 담았는데, 록 스피릿으로 충만한 특집호가 있거나, 아이돌 그룹이 표지에 실리기도 하고 그래픽 디자인이나 애니메이션을 테마로 다루는 등 장르에 제한이 없는 자유분방한 매체였다.

잡지라면 여성지나 패션지를 먼저 떠올리는 내 기준에서 보면, 주제가 일반적이지 않아 많이 팔기 힘들었을 거로 생각했지만, 컬트적인 이 잡지의 전성기 발행 부수는 무려 10만 부에 이른다. 이 대단한 실적은 그 당시 일본이 가졌던 문화적 힘을 보여줌과 동시에 모든 종이 잡지가 누린 찬란한 호시절을 엿볼 수 있는 지표일 수 있다.

하지만 이 책은 아쉽게도 2009년 휴간됐다. 정해진 날 독자를 찾아가야 하는 의무를 지닌 정기간행물이 일정 기간 나오지 않는다는 것은 치명적인 일이니, 휴간이란 표현은 폐간을 에둘러 말하는 것이나 마찬가지다. 〈스튜디오 보이스〉의 발행 중단은 단순히 내가 응원했던 매체 하나가 사라지는 것이 아니라, 종이 잡지의 시대가 서서히 몰락의 시기로 접어드는 징후로 해석해 무척 안타까워한 기억이 있다.

그 기억과 별개로 내게 소중했던 잡지가 서가의 좋은 위치에 자리 잡고 있은 것을 보고, 이 서점과 나 사이에 묘한 동질감이 있음을 느꼈다. 재미있는 것은 마그니프 진보초 근처 카페에서 〈스튜디오 보이스〉의 추억을 떠올리며, 이것저것 검색하다 〈스튜디오 보이스〉가 다시 발간되고 있다는 정보를 얻은 것이다. 커피가 반쯤 남았지만, 오랜만의 재회를 기대하며 서둘러 일어나 대형 서점의 잡지 코너로 향했다.

✳

마그니프 진보초

Add. 도쿄도 지요다구 간다 진보초 1-17

Open. 12:00~18:00 | 연중무휴

Site. www.magnif.jp

중고 책 판매

준쿠도

일본 대형 서점의 마지막 자존심

복간된 잡지 〈스튜디오 보이스〉를 사기 위해 서둘러 이케부쿠로池袋의 준쿠도ジュンク堂 본점으로 달려왔다. 지하 1층부터 9층까지 오로지 책만 있는 이곳에서 〈스튜디오 보이스〉를 찾았다.

잡지 코너를 한참 뒤졌지만, 책을 발견할 수 없어 직원에게 문의했는데, 복간된 것은 맞지만, 다시 휴간되었다는 실망스러운 대답을 들었다. 그것도 꽤 오래전 일이라고 말했다.

안타까웠다. 〈스튜디오 보이스〉는 2019년 '아시아에 명멸하는 차세대 예술'을 테마로 한 415호를 마지막으로 다시 휴간에 들어갔다. 한때 열광했지만 잊고 있었던 존재였다. 진보초의 고서점에서 그 흔적을 만나 반가웠고, 휴간을 딛고 용감하게 복간한 패기가 고마웠지만, 이제는 놓아줄 때가 된 모양이다.

하나둘 사라지는 종이 잡지를 보며 책을 디자인하는 것을 직업으로 삼고 살아온 나의 좋았던 시절도 저무는 것 같아 씁쓸했다. 2천여 년 가까운 세월 동안 누려온 종이의 권력이 사그라지고, 그 자리를 효율성을 무기로 한 온라인이 대체하는 것을 지켜보는 마음도 복잡하다.

나는 종이책의 위세가 대단했던 시기에 대학 시절을 보냈다. 과장을 보태 출판한 책이 100만 부쯤 팔려야 베스트셀러가 되던, 그런 시절이었다. 내가 기업의 정기간행물을 디자인하는 회사에 편집디자이너로 입사한 시기에는 작은 규모의 기업도 사내 커뮤니케이션을 목적으로 정기간행물을 발행했고, 대기업은 돈 받고 파는 잡지보다 더 많은 돈을 들여 멋진 홍보용 매거진을 발행했다. 한국만 그런 것도 아니고, 해외도 마찬가지였다.

패션 브랜드 베네통이 만든 매거진 〈컬러스COLORS〉는 충격적인 광고사진으로 유명한 전설의 사진작가 올리비에로 토스카니Oliviero Toscani를 대표이사로 내세웠고, 아트디렉터로 진보적 가치관과 디자인으로 유명한 티보 칼맨Tibor Kalman을 영입했다. 통속적인 주제를 내세우는 기성 매체와 달리 주류의 가치를 배제하고, 비주류의 목소리를 담은 이 매거진을 정의하는 '세상의 나머지 것들에 대한 잡지'라는 티보 칼맨의 표현은 그때도 지금도 멋지다.

기업의 간행물만 풍족했던 것이 아니고, 서점에는 이전까지 보지 못했던 멋진 잡지와 별스러운 책이 그득했다. 이제 그 시절의 잡지들은 〈스튜디오 보이스〉처럼 휴간과 폐간을 통해 세상에서 사라져 갔다. 그렇게 종이책의

책을 사려는 이들로 가득한
에스컬레이터가 오르내리는 풍경은
한때 일본 출판계의 호황을 상징하는
이미지였지만, 이제 준쿠도는 불황에
힘겹게 대응하는 대형 서점의
마지막 자존심으로 여겨지는
정도의 위상에 불과하다.

시대가 저물고, 온라인의 시대가 왔다.

온라인을 통해 접하는 정보는 무궁무진하다. 책을 뒤적이는 번거로움을 넘어 쉽고 빠르게 더 많은 정보를 어디서든 얻을 수 있는 멋진 세계가 펼쳐졌다. 종이만의 감성을 운운하며 이 변화에 맞서고 싶은 생각은 없다. 내 의지와 상관없지만 이미 세상은 변했고, 많은 이들이 그 변화에 대응하기 위해 노력하고 있다.

한국과 일본의 많은 출판인이 온라인 시대의 유튜브나 포털에 대응하기 위해 멋진 콘셉트와 디자인으로 꾸며 펴내는 책들이 그 노력의 결과다. 믿기지 않겠지만, 한국도 일본도 종이책의 발행 종류 수는 꾸준히 증가하고 있다. 책 내용의 발전을 평가할 수 있는 위치는 아니지만, 디자이너 입장으로 보면 요즘 출판되는 책의 크리에이티브는 놀라울 정도다. 한국의 교보문고와 일본의 츠타야가 보여주는 새로운 서점 운영 방식은 얼마나 세련됐는지, 사람 드문 골목에서 작은 독립서점을 우연히 만나는 것도 더는 신기하지 않다.

힘들지만 새로운 세상에 잘 적응해 가는 젊은 출판인들과 편집디자이너들이 이룬 놀라운 성과다. 그저 새로운 모습으로 변화하지 못하고 지난날의 영화를 회상하는 데 그치거나, 다양한 모습으로 변신해 치열하게 경쟁하는 두 부류로 나뉜 이 세계에서 나는 어디에 서 있는지 궁금하다.

〈스튜디오 보이스〉를 사지 못한 아쉬움과 이런저런 생각은 그만하고, 준쿠도를 둘러봤다.

서점 건너편 횡단보도에서 바라보는 준쿠도는 압도적이다. 작은 백화점 크기의 건물 하나가 오롯이 서점이다. 1층의 카운터는 대형 마트 계산대를 방불케 한다. 여느 서점과 같이 잡지와 신간, 베스트셀러 중심으로 구성된 1층을 시작으로 에스컬레이터를 통해 9개 층을 오르내리며 책을 구경했다. 이 에스컬레이터는 건물 밖에서도 보이는 구조인데, 준쿠도를 찾은 이들로 가득한 에스컬레이터가 오르내리는 풍경은 일본 출판계의 호황을 상징하는 이미지였지만 지금은 그저 한산하기만 하다.

서점은 한산했지만, 분야별 도서를 잘 정리해 비치한 서가를 중심으로 한 넓고 밝은 실내는 책을 고르기에 적합하고 편했다. 작은 서점이라면 비닐로 꽁꽁 포장되어 내용 확인이 어려운 값비싼 사진집이나 도록을 마음껏 볼 수 있도록 견본을 마련해 둔 것도 대형 서점다웠다. 다만 왠지 모를 이 아날로그스러운 분위기를 어떻게 설명해야 할지 모르겠다. 많은 서점이 불황 극복을 위해 다양한 변신을 시도하는 시기에 책만 파는 '그냥 서점'으로 남아 있는 것 같아 안타깝다.

만화 코너에서 오토모 가쓰히로의 애니메이션 〈아키라AKIRA〉[1]의 메이킹북을 샀다. 일본 만화와 애니메이션을 좋아하지만 SF물은 취향이 아니라 만화건 애니메이션이건 〈아키라〉에 대한 감흥은 없었는데, 〈아키라〉 애니메이션 포스터는 좋아했다. 복잡한 구조의 배경이 거슬려서 반쯤보다 포기

1 오토모 가쓰히로大友克洋, 1954년~의 만화와 애니메이션. 1982년부터 만화 잡지 주간 〈영 매거진ヤングマガジン〉에 연재되었다. 1988년 작가 오토모 가쓰히로가 직접 감독을 맡아 애니메이션으로 만들었다. 묘사와 연출의 혁신성으로 인해 이후 만들어진 일본 애니메이션에 많은 영향을 끼쳤고, 원작 만화는 데즈카 오사무 이후 일본 만화의 두 번째 혁명이라 일컬어질 정도의 극찬을 받았다. 제목이자 작품에 등장하는 핵심 인물의 이름인 아키라는 일본 영화를 대표하는 거장 구로사와 아키라黒澤明, 1910~1998에서 가져왔다.

한 영화지만, 포스터의 간결함은 인상적이었다. 가로로 놓인 바이크를 향해 걸어가는 주인공의 뒷모습과 영어 타이포그래피와 캘리그래피로 표현한 히라가나의 조화가 강렬했고, 쿼터뷰Quarter View와 백뷰Back View로 표현한 공간감이 압권이다.

〈아키라〉 메이킹북도 애니메이션에서 느낀 감성과 비슷하다. 영화의 키 프레임과 레이아웃으로 구성되어 있는데, 역시 마니아가 아닌 입장이라 큰 감흥은 없지만, 표지가 너무 멋있다. 이렇게 멋진 타이포그래피로 표지를 디자인한 이가 누구인지 궁금하다. 오토모 가쓰히로의 〈아키라〉 메이킹북은 아날로그 방식으로 진행된 애니메이션의 제작 과정을 중심으로 구성한 책이다. 이 아날로그스러운 서점에서 사야 하는, 준쿠도에 딱 어울리는 그런 책이다.

✳

준쿠도

Add. 도쿄도 도시마구 미나미이케부쿠로 2-15-5

Open. 10:00~22:00(연말연시 12월 31일 10:00~19:00, 1월 2일~3일 10:00~21:00) | 정기휴무 1월 1일

Site. www.junkudo.co.jp

새 책 판매 / 문구 잡화

THE
COMPLETE
WORKS
23
Animation
AKIRA
Layouts & Key Frames 1

Animation AKIRA Layouts & Key Flashes

만화 〈아키라〉의 작가 오토모 가쓰히로가 애니메이션 〈아키라〉의 감독을 맡아 영화를 제작하면서 사용한 방대한 양의 레이아웃과 원화를 실은 책. 제작 관련 기록과 애니메이션의 대표적인 장면을 투명 필름에 복각한 셀 드로잉이 포함되어 있다.

지은이 오토모 가쓰히로 大友克洋
출판사 고단샤 講談社
2022년 발행

Space. 2

긴자에서 롯폰기

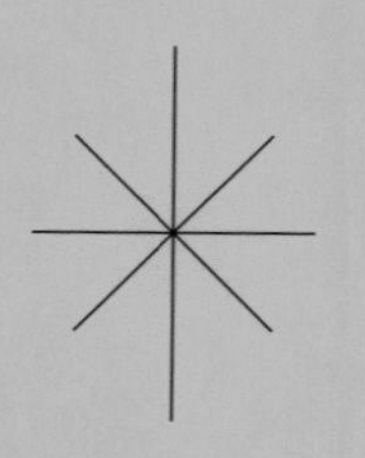

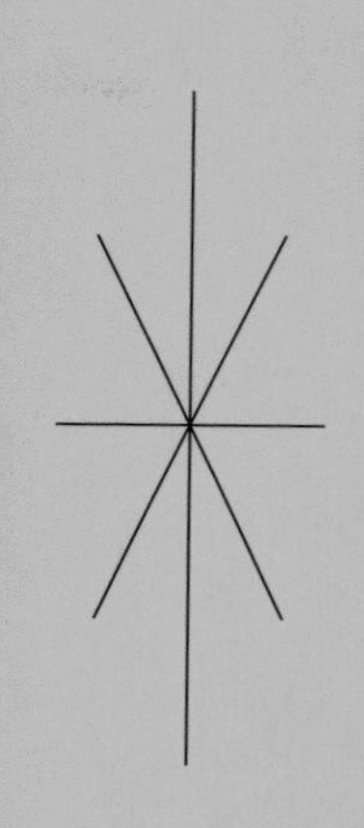

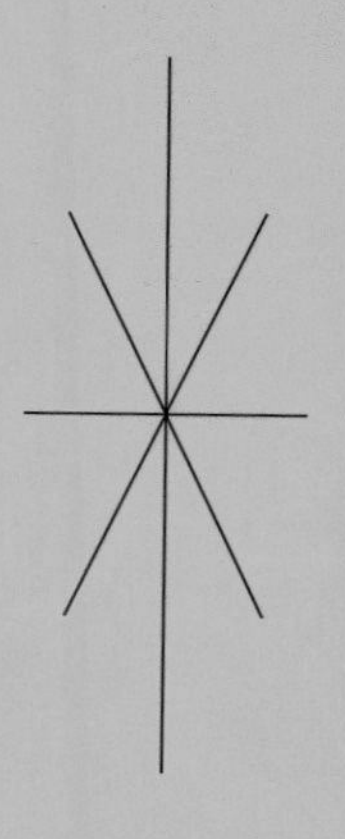

Ginza

Roppongi

긴자 츠타야

무지북스

분키츠

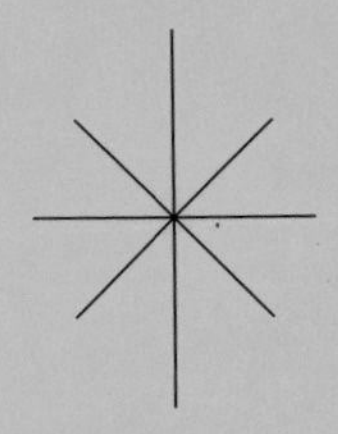

명품숍이 가득한 긴자는 일본에서 가장 럭셔리한 거리다.
롯폰기에는 도쿄 최고의 주상복합건물이 있다. 허영과 소비만 존재할
것 같은 이곳에도 서점은 있다. 화려한 긴자에 어울리는 화려한 서점
츠타야. 슬럼가였던 롯폰기를 일본 최고의 부자 동네로 변하게 한
롯폰기힐스와 책을 파는 곳에서 읽는 곳으로 바꾼 분키츠.
이들은 그냥 생긴 게 아니라, 주변의 정체성을 치밀하게 분석한 후
정립한 정교한 전략을 바탕으로 만든 것이다.

긴자 츠타야

럭셔리한 거리의 화려한 서점

일본 서점에 처음 관심을 가진 건 10여 년 전이다. 물론 책을 디자인하는 게 일상인 편집디자이너니 일본 책에 관심을 가진 건 오래전이지만, 구매는 주로 한국의 서점이나 외국책 전문 판매상을 통했다. 수없이 일본을 들락거렸지만, 서점에 들른 건 손에 꼽을 정도였다.

10년 전 후쿠오카의 어느 아케이드 상가를 걷는 중에 서점이 눈에 들어왔다. 한국으로 치면 옷가게나 식당이 즐비한 명동 한복판이나 먹거리를 파는 가게로 가득한 시장통 어딘가에 뜬금없이 서점이 있는 것으로 생각하면 좋을 듯하다. 어울리지 않는 조합이었다. 도대체 왜 이런 곳에 서점이 있는지 신기했다.

그때부터였다. 일본에 갈 때마다 서점을 찾기 시작했고, 술집이 즐비한 거리부터 한적한 주택가까지 내 기준으로는 이해 못 할 엉뚱한 곳에서 서점을 발견하는 재미에 푹 빠졌다. 하지만 긴자 츠타야蔦屋書店는 '니가 왜 여기에 있어?'의 끝판왕이라는 생각이 들 만큼 신박한 곳에 있다.

긴자 츠타야는 일본에서 가장 땅값이 비싼 긴자 한복판에 있는 명품 백화점 긴자식스Ginza Six 6층에 있다. 한국으로 치면 갤러리아 명품관 어디쯤

교보문고가 있는 것으로 보면 되겠다.

긴자식스는 규모부터 사람을 압도한다. 고층 건물은 아니지만, 면적이 어마어마하다. 간자식스를 둘러싸고 있는 디올, 반 클리프 아펠, 펜디, 발렌티노의 부티크를 구경하기 위해 건물을 한 바퀴 도는데도 꽤 오랜 시간이 걸렸다.

1층에 들어서면 구찌부터 불가리까지 다양한 명품숍의 화려한 디스플레이에 정신을 뺏긴다. 에스컬레이터를 타고 이 화려한 명품의 숲을 두리번거리며 올라가면 6층에 긴자 츠타야가 있다.

"멋지다."

이 표현 말고 긴자 츠타야를 설명할 다른 형용사는 없다.

일본 전통 건축양식에서 모티프를 가져온 서점 입구의 아트리움부터 길이를 가늠하기 어려울 정도로 길게 이어지는 서가와 컬렉션별로 구성한 책으로 가득한 공간이 미로처럼 이어져 있다.

구매하지 않은 책이라도 얼마든지 가져가서 커피 한 잔과 함께 편하게 읽을 수 있는 카페와 크리에이터의 서재를 테마로 한 문구 코너까지, 서점

을 완벽한 엔터테인먼트 공간으로 만들어 놓았다.

긴자 츠타야를 대표하는 공간은 입구에서 만나는 아트리움이다. 이 아트리움은 이벤트 공간의 역할을 하는데, 내가 갔을 때는 현대미술 작가 키토 켄고의 작품이 전시 중이었다. 미술 작품을 관람하는 것도 좋지만 이 아트리움의 진가는 아무것도 설치되어 있지 않을 때 빛을 발한다. 아트리움 아래로 6미터 높이의 기둥이 떠받치고 있는 거대한 책장이 어떤 설치미술보다 멋지다. 한 달에 10일 정도 전시를 하지 않는 기간에 방문하면 압도적인 공간감을 즐길 수 있다.

긴자 츠타야의 콘셉트는 '예술이 있는 생활'이다. 전통 연극 가부키와 우키요에부터 건축에 이르기까지 이 나라의 전통문화를 소개하는 책, 일본과 해외의 건축, 미술, 사진, 디자인 관련 책 중심으로 큐레이션했다. 특히 일본 문화를 소개하는 코너에서 많은 외국인을 만났는데, 서점 하나가 나라를 홍보하는 첨병 노릇을 하는 것이다.

한국에서 쉽게 보기 어려운 여러 나라의 아트북은 물론이고, 일본에서도 접하기 힘든 일본 작가들의 책이 곳곳에 있다. 특대형 판으로 제작된 도록을 통해 만난 구마 겐의 건축은 컴퓨터 화면으로 보는 것과 달리 호쾌한 느낌이 그대로 전달되어 온다.

BRUTUS

츠타야의 서가는 언뜻 미로처럼 복잡해 보이지만,
잘 짜인 사인 시스템에 의지하면 같은 서가를 다시 만날 일이
없을 정도로 정교하게 설계되어 있다.

디자인에서 미술, 건축, 패션까지 끝없이 이어지는 컬렉션을 둘러보다 사진집 코너에서 일본을 대표하는 사진가 아라키 노부요시荒木経惟의 작품집을 만났다. 오래전 일민미술관에서 열린 아라키 노부요시의 작품전을 보고 그의 사진에 푹 빠졌던 적이 있었는데, 아라키의 사진 세계를 상징하는 누드와 결박 같은 SM 주제의 사진이 주는 강렬함도 있었지만, 색채의 화려함이 충격적이었다.

하지만 한국에서 아라키의 사진을 경험하는 데는 한계가 있었다. 인터넷을 통해 찾아볼 수 있는 아라키의 작품은 한정적이었고, 어렵게 아트숍에서 발견한 사진집은 비닐로 꼼꼼하게 포장되어 있어 내용을 알 수 없었다. 내용도 보지 않고 10만 원이 훌쩍 넘는 사진집을 사기엔 용기도 내 주머니 사정도 부족했다.

아라키는 작품의 예술성과 별개로 행실에 대한 논란이 많은 인물이다. 사진의 선정성이 큰 이유였지만, 더 큰 논란은 그의 작품 속 모델이었던 엔도 카오리KaoRi의 폭로가 나오면서 시작됐다. 엔도 카오리는 작가와 모델의 일반적 관계를 넘어서는 착취와 모독을 당했고, 이를 통해 왜곡된 자신의 이미지가 세상에 유포되는 것에 분노했다. 결국, 그녀는 "당신이 알고 있는 지식, 정말 맞습니까?"라는 글을 통해 언론과 아라키에게 항의했지만, 그녀의 목소리는 큰 반향을 얻지 못했다. 미국이나 유럽이라면 당장 감옥에 끌려갈 일이지만, 아라키 노부요시는 건재했다. 이게 일본 사회의 한계다.

한 인간이 가진 삶의 태도와 작품에 대한 평가가 일치해야 하는가에 대한 결론을 내리기는 무척 힘든 일이다. 논란에 대한 내 생각은 잠시 접고, 어렵게 만난 문제적 인간 아라키의 사진집에 집중했다.

사진은 훌륭했다. 색상의 대비가 극명한 인물 사진의 임팩트, 몽환적인 느낌을 주는 파스텔 톤의 거리풍경과 빨려 들어갈 듯한 흡입력의 흑백 사진들까지. 한 장 한 장이 카리스마 넘치는 사진으로 구성되어 있었다. 사진에서 카리스마를 느끼다니. 하지만 정말 그랬다. 흑백으로 촬영한 고양이 사진 한 장에서도 보는 이를 얼어붙게 만드는 강렬함이 엿보였다.

츠타야에서 책이 차지하는 비중은 얼마나 될까?
분명 책을 팔기 위해 만든 공간이지만, 화려한 아트리움과 긴자 츠타야만의 스타일로
운영하는 스타벅스, 일본 문화와 예술을 콘셉트로 꾸민 문구 매장을
둘러보면 책은 이곳의 주인공이 아닐 수도 있다는 생각이 든다.

사진과 별개로 디자이너의 관점에서, 작가의 작품을 책으로 구현하는 데 가장 중요한 요소인 인쇄 수준에 관해 이야기하고 싶다. 아라키의 원화가 어느 정도인지 모르겠지만, 인쇄를 통해 접하는 것으로도 사진의 본질을 그대로 느낄 수 있다고 생각했다. 한국의 인쇄기술도 상당하지만, 일본 인쇄의 정교함이 대단함을 새삼 느꼈다.

긴자 츠타야에서 보낸 시간 3분의 1은 아라키 사진집 앞에서였다. 조금 더 자리를 일찍 뜰 수 있었지만 내가 살 아라키의 사진집을 고르는데 제법 시간을 허비했다. 가진 돈이 넉넉했다면 서너 권쯤 샀을 텐데, 딱 한 권을 골라야 했기에 신중에 신중을 기했다.

계산을 위해 카운터로 가는 길에 한국 잡지 〈매거진 B〉를 만났다. 일본 서점에서 한국 문학을 만나는 건 흔한 일이지만, 잡지까지 일본 시장에 진출했을 줄은 미처 몰랐다.

미술 서적 코너 한편에서 유리 케이스에 곱게 모셔진 데미안 허스트 Damien Hirst의 작품집을 발견했다. 두개골에 다이아몬드를 입힌 〈신의 사랑을 위하여〉가 중앙에 크게 자리한 표지라 금방 눈에 띄었다. 판매대에 있는 이 책이 유리 케이스 안에도 있는 이유가 궁금했는데, 그의 사인이 들어간 책이었다. 데미안 허스트뿐 아니라 장 미셸 바스키아, 마르크 샤갈, 앤디 워홀의 사인이 포함된 책들이 모여 있는 공간이었다.

"도대체 돈으로 따지면 이게 다 얼마야?"

6층까지 올라오면 만났던 명품 브랜드의 값어치가 문득 초라하게 느껴지는 순간이다.

긴자 츠타야

Add. 도쿄도 주오구 긴자6가 10-1 긴자식스 6층

Open. 10:30~21:00 | 연중무휴

Site. store.tsite.jp/ginza

새 책 판매 / 문구 잡화 / 카페

Araki 40th Ed.

독일의 아트북 전문 출판사 타셴은 2002년 아라키가 회고적 의미로 고른 풍경, 꽃, 음식을 주제로 한 작품과 여성을 촬영한 사진으로 구성한 15만 엔짜리 한정판 사진집을 발매했다. 여기에 실린 Araki 40th Ed.은 그 책의 보급판이다.

출판사 TASCHEN
568쪽
156×217mm

타셴Taschen

타셴Taschen은 베네딕트 타셴Beneditk Taschen이 독일 쾰른에서 1980년 만든 세계적인 아트북 출판사이다. 건축, 예술, 디자인, 패션, 대중문화, 여행 등 다양한 주제의 아트북을 출판하지만, 아라키의 많은 사진집이 타셴에서 출판된 것에서 알 수 있듯, 페티시즘, 퀴어, 포르노 등을 주제로 하는 비주류의 예술 작품을 주류 시장에 공급하는 역할도 함께 하고 있다.

타셴 | www.taschen.com

아라키 노부요시荒木経惟 1940-

일본을 대표하는 사진작가이며, 현대 미술가이다. 여성의 나체를 중심으로 하는 관음적 묘사와 몸을 결박하는 SM 연출 등 파격적인 성애와 금기를 묘사하는 작가로 명성을 얻었다. 사람이나 꽃, 음식, 도시 등 주변의 모습을 담은 작업을 통해 사진예술에 대중적 트렌드를 접합시킴으로써 순수예술의 영역을 확장시켰지만, 여성을 사진을 위한 극단적 도구로 삼은 행위로 인해 많은 논란을 일으켰고, 그 논란으로 인해 유명세가 더 커지는 한심한 현상을 불러왔다.

ARAKI
TASCHEN

무지북스

책을 통해 만나는 브랜드의 정체성

무지북스를 서점이나 출판사로 부르기에 부족함이 있는 것은 맞다. 무인양품 매장 한편을 빌려 사용하고 있으니 서점으로서 온전한 개체일 수 없다. 출판한 책도 50여 종에 미치지 못하니 출판사로서의 규모를 논하기도 민망하다.

하지만 중요한 것은 무지북스를 통해 보여주는 무인양품의 감성과 철학이다. 무인양품은 아이덴티티가 뚜렷한 브랜드다. 생활용품부터 가구, 문구, 의류와 전자제품에 이르는 7천여 개의 제품군을 수식어 하나로 정의할 수 없지만, 디자인과 품질에서 가격까지 잘 정립된 가치관을 바탕으로 무인양품 고유의 감성과 철학을 보여주고 있다.

무지북스도 그렇다. 무지북스는 자체 출판한 책이건 큐레이션한 책이건 오로지 무인양품다운 책으로 구성되어 있고, 그 책들을 통해 자신의 철학을 독자와 공유하고 있다.

처음 무지북스를 만난 곳은 후쿠오카의 캐널시티다. 제법 큰 규모에 큐레이션한 책도 다양하고 디스플레이도 훌륭한 서점이었다. 긴자 무인양품 플래그십 스토어의 무지북스는 훨씬 크고 번듯한 규모일 것으로 생각했

무지북스의 서가는 무인양품의 제품처럼
담백하고 정갈하다. 브랜드의 정체성을 담은 큐레이션이
잘 드러나게 꾸민 완벽하고 아름다운 구성이다.

지만, 실망스러울 만큼 소박했다. 물론 지하 1층 무지 디너에서 10층 무지 호텔에 이르는 거대한 무인양품 제국의 규모에 압도되어 상대적으로 작게 보였을 수 있다. 하지만 큐레이션은 역시 알차다. 만약 도쿄에서 꼭 가야 할 서점 한 곳을 꼽는다면 고민스럽겠지만, 세 곳 정도를 추천한다면 무지북스는 반드시 포함하고 싶다.

서점은 무지북스가 출판한 책을 모은 서가와 무인양품다운 책을 큐레이션한 코너로 나뉜다. 무지북스를 대표하는 출판물은 문고판 시리즈인 〈사람과 사물〉인데, 영화, 사진, 디자인, 문학 등 다양한 분야에서 활약한 인물의 삶을 돌아보는 콘셉트로 제작되었다. 스무 권 남짓 출판한 〈사람과 사물〉 시리즈에 참여한 이들의 면면을 보면 '무인양품다운 사람들을 용케도 잘 찾아냈구나'하는 생각이 들 정도로 작가 선정에 공을 들인 흔적이 역력하다.

이 시리즈 첫 번째 책의 작가는 야나기 무네요시柳宗悦다. 조선의 예술을 사랑했고, 일제 강점기 광화문 철거를 강력하게 반대하며, 타국 문화유산의 가치를 인정하고 존중을 표한 인물이어서 반가웠다.

알래스카에서 촬영한 야생 곰 사진으로 유명하고, 내가 한국어판 사진집을 디자인하기도 한 호시노 미치오星野道夫의 이야기를 담은 책도 눈에 띄었다. 그가 촬영한 사진 속 곰은 무척 푸근한 느낌을 주지만, 그는 1996년 촬영 대상이자, 자신의 친구이기도 했던 불곰에게 물려 사망했다. 분명 안타까운 죽음이지만 한편 드라마틱하게 삶을 마감한 그를 생각하며, 다른 이의 〈사람과 사물〉 시리즈 세 권과 함께 그의 책을 구매했다.

이 책들은 손에 쥐어지는 느낌이 무척 따뜻하다. 표지에 광택이 나는 코팅을 한 다른 출판사의 문고본에 비해 무지북스의 책은 코팅 없는 종이에 제목도, 홍보 문구도 없이 굵은 고딕체로 작가의 이름만 표지 상단 3분의 2 부분에 넣었을 뿐이다. 무척 담백한 구성만이지만, 일본어를 모르는 누군가가 어느 곳에서 이 책을 만난다 해도 무인양품과 연관이 있다는 것을 알아차릴 수 있을 만큼 뚜렷한 정체성을 보여 준다.

과하지도 부족하지도 않은 적당함. 무인양품의 제품을 대하며 항상 느끼는 감성이다. "호화로움 앞에서 주눅 들지 않고 자랑스러운 마음으로 간소할 것"을 이야기하는 무인양품의 아트디렉터 하라 겐야原研哉의 말이 무인양품의 모든 제품과 공간에 그리고 이 책에도 그대로 적용되어 있다.

무인양품을 말할 때 함께 떠오르는 디자이너 하라 겐야를 자세히 언급하고 싶지만, 제대로 이야기하자면 몇 페이지로 끝날 인물이 아니니 조금만 짚고 넘어가자.

이 사람을 떠올릴 때 가장 먼저 드는 생각은 부러움과 안타까움이다. 무지북스뿐 아니라, 어느 서점에 가도 하라 겐야의 책은 가장 좋은 자리에 놓여 있다. 꽤 많은 책을 냈고, 한국에 출판된 책도 무려 여섯 종이다. 일본과 한국에서 모두 사랑받고 있는 스타 디자이너인 셈이다.

디자인 업계에 몸담은 이들을 넘어 일반인에게도 인기를 얻는 그래픽 디자이너를 가진 일본이 부럽다. 한국에도 하라 겐야 못지않은 실력을 갖춘 디자이너가 많지만, 하라 겐야만큼의 인지도를 가진 이가 없는 현실이 안타깝다.

그의 대중적 인기는 2002년 시작해 지금까지 이어지고 있는 무인양품의 아트디렉션에서 시작되었다. 2003년 우유니 소금 사막을 배경으로 디자인한 광고를 시작으로 무인양품의 디자인 아이덴티티를 완벽하게 정립했고, 그 스타일은 현재까지 변함없이 유지되고 있다.

한 사람의 디자인 철학이 20년 넘게 브랜드에 고스란히 투영되는 무

인양품의 디자인 전략이 부럽고, 한국에는 왜 이런 사례가 없는지 안타깝다. 별것 없다. 시간과 권한만 주어진다면 하라 겐야보다 더 멋진 결과를 만들어낼 수 있는 역량을 가진 디자이너는 한국에도 많은데, 그게 왜 안 되는 걸까? 어느 대기업에서 만든 무인양품과 같은 콘셉트의 브랜드가 한국에 있지만, 고유의 철학과 전략 없이 그저 흡사한 매장 디스플레이와 제품군으로 인해 비난만 받고 있을 뿐이다. 이 브랜드의 매장에 들어서면 안타까움을 넘어 섭섭한 마음마저 든다. 그래도 무인양품을 수입해 전국에 40개의 매장을 만들어, 우리 브랜드가 자생할 수 있는 시장을 완벽하게 장악한 또 다른 대기업보다는 낫다고 해야 할까? 하라 겐야는 무인양품 매장보다 신세계 자주 매장에 들를 때 더 자주 생각난다.

책 몇 권의 계산을 마친 후, 무지북스를 한 번 더 찬찬히 둘러봤다. 〈사람과 사물〉 시리즈, 무인양품이 진행한 프로젝트를 정리한 책과 동화책 등으로 구성된 무지북스 출판물은 서가에 정갈하게 비치되어 있다. 책을 소개하는 홍보 문구가 적힌 구조물은 별도로 준비하지 않고 작가의 이름과 사진이 들어간 북 스탠드가 책과 책을 구분해줄 뿐이다. 이 북 스탠드는 후쿠오카 무지북스에서도 인상적이었는데, 작은 곳에도 참 야무지게 무인양품다움을 연출하고 있다.

무지북스에서 큐레이션한 책들은 평대에 비치되어 있는데, 자연과 식

물, 요리, 라이프 스타일을 주제로 한 사진집과 동화책 등 구성과 형식이 다양하다.

여기서 아주 재미있는 책을 하나 발견했는데, 리플릿 형태로 여러 번 접힌 한 장의 얇은 종이에 에세이나 단편소설 한 편으로 구성해 종이봉투에 넣은 형태였다.

이걸 뭐라고 불러야 할지 혼란스러웠다. 종이에 문학 작품이 인쇄되어 있으니 책으로 부를 수 있지만, 종이 한 장에 정보를 넣고 여러 번 접은 형태니 리플릿으로 정의할 수도 있다. 이걸 한 권으로 표현할지, 한 장으로 표현할지도 헷갈렸지만, 나를 혼란스럽게 하는 이 새로운 아이디어가 신선했다.

매우 심플한 책 한 장(?)을 들고 계산대로 갔다. 한참을 기다려 〈사람과 사람〉 시리즈 네 권의 값을 내고 돌아온 후였지만, 다시 계산을 위한 긴 줄의 맨 뒤에 서는 게 억울하지 않았다.

무지북스 한편에는 긴자 거리를 내려보며 쉬거나 책을 읽을 수 있는 작은 테이블이 있는데, 100엔짜리 동전 하나로 커피를 뽑을 수 있는 자판기도 함께 있다. 츠타야에 있는 멋진 카페에 비할 바는 아니지만, 커피 맛도 제법 훌륭하고 무엇보다 유리창 아래로 보이는 긴자 풍경이 멋지다. 이곳에서 방금 계산을 마친 책들을 꺼내 보며 잠시 한가한 시간을 보냈다.

서점 구석에 꼭꼭 숨어 있는 이 공간에는 사람이 거의 없다. 여러 층을 오르내리며 충족한 쇼핑의 욕망에 비례하는 만큼 다리가 피곤하다면 이곳을 찾아 잠시 쉬고, 다음 쇼핑을 위한 재충전도 해두자.

무지북스

Add. 도쿄도 주오구 긴자3번가 3-5

Open. 11:00~21:00

Site. www.muji.com/jp/mujibooks

새 책 판매 / 카페

무지문고無印文庫〈사람과 사물人と物〉 시리즈

무지북스의 대표적인 출판물인 무지문고의 〈사람과 사물〉 시리즈는 문학, 사진, 영화 등 다양한 분야에서 활약한 인물의 삶을 재조명하는 내용으로 채웠다. 이미 유명한 이들의 이야기이지만, 미처 사람들에게 알려지지 않은 에피소드와 미공개 사진 등을 더해 새롭게 꾸몄다. 모든 책은 500엔짜리 동전 하나로 구입할 수 있다.

무지북스

무지북스는 '생활용품과 책을 연결하는 공간'을 테마로 만든 서점인 동시에, '책과 함께하는 삶'을 콘셉트로 의류, 음식, 생활, 여행, 교육, 오락 등을 주제로 삼은 책을 내는 출판사이기도 하다.

무지북스 | www.muji.com/jp/mujibooks

하마야 히로시 濱谷浩 1915-1999

일본과 세계 여러 나라 사람들의 삶과 자연을 촬영한 사진작가. 과학 사진계의 노벨상이라고 불리는 핫셀 블러드 국제 사진상을 일본 최초로 수상했다.

모타이 다케시 茂田井武 1908-1956

쇼와 시대에 활동한 동화책 그림 작가. 소박하면서도 독특한 분위기로 그림책 애호가들 사이에서 많은 사랑을 받는 작가이다.

하나모리 야스지 花森安治 1911-1978

그래픽 디자이너이자 저널리스트 겸 카피라이터. 일상의 풍요로움과 아름다움을 전하는 글과 일러스트로 유명하다.

호시노 미치오 星野道夫 1952-1996

10대 후반 청년 시절 처음 알래스카로 떠난 이래 20여 년간 알래스카의 자연을 사진에 담아냈다. 1996년 러시아 캄차카반도의 크릴 호수에서 TV 프로그램 취재 중 곰의 습격을 받아 사망했다.

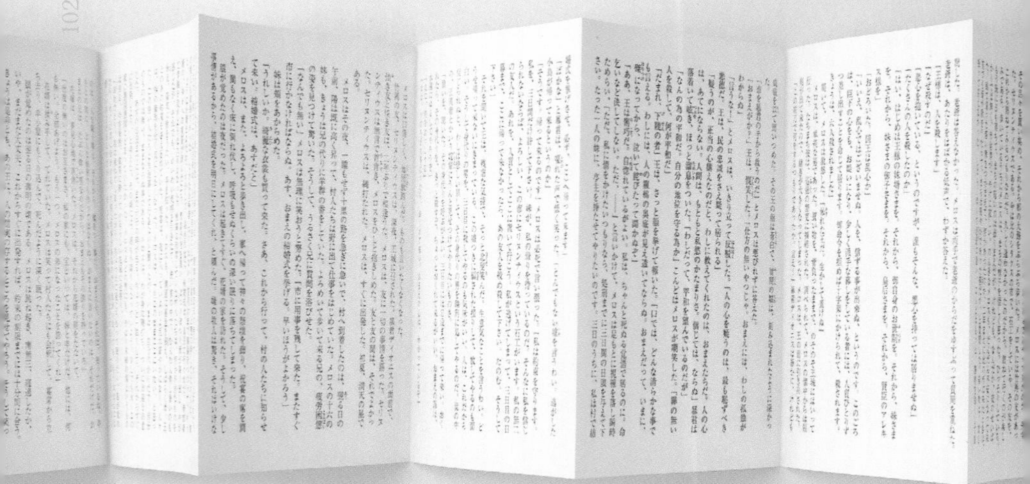

일본 문학 8대 명작

다자이 오사무太宰治 〈달려라 메로스〉
미야자와 겐지宮沢賢治 〈주문이 많은 요리점〉
아쿠타가와 류노스케芥川龍之介 〈백白〉
나쓰메 소세키夏目漱石 〈이상한 소리〉
사카구치 안고坂口安吾 〈타락론〉
가지이 모토지로梶井基次郎 〈레몬〉
니이미 난키치新美南吉 〈장갑을 사러 간 아기여우〉
모리 오가이森鴎外 〈다카세부네高瀬舟〉

注文の多い料
宮沢賢治
Buncho-Bunko 002 | 文鳥

高瀬舟
森鴎外

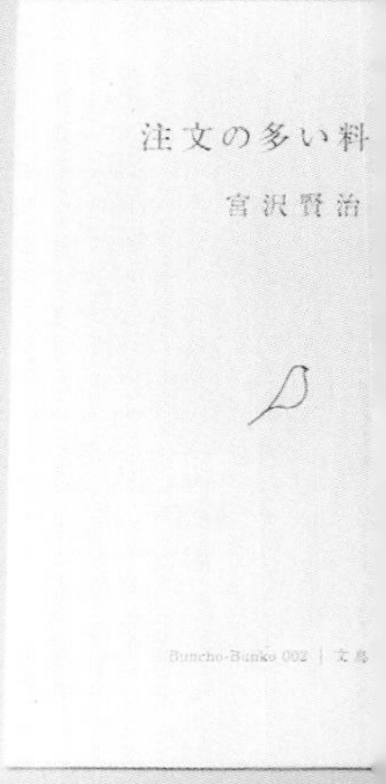

분초문고
文鳥文庫

분초문고는 덴쓰와 함께 일본을 대표하는 광고대행사인 하쿠호도의 카피라이터였던 마키노 게이타牧野圭太가 창업한 디자인 스튜디오 분초샤文鳥社의 출판 브랜드이다. 독특한 기획과 형태의 〈일본 문학 8대 명작〉 시리즈는 일본의 출판불황, 특히 문고판이 팔리지 않는 시장 상황에 대응하기 위해 만들었다.
바쁜 일상에서 짬을 내, 짧은 문학 작품을 읽으며 잠시 쉬어가라는 콘셉트로 일본의 대표적 문학 작품을 4번에서 8번 접은 한 장의 종이에 싣고 소박한 종이 봉투에 담았는데, 일본 출판계로부터 꽤 참신한 아이디어로 평가받으며 많은 관심을 받고 있다.

분초문고 | bunchobunko.shop-pro.jp

분키츠

책을 파는 곳에서
보는 곳으로의 화려한 변신

비가 추적추적 내리고 있었다. 우산을 써야 할지, 쓰지 않고 빠르게 걸어야 할지를 고민할 정도의 비다. 결론은 빠르게 걷자는 것이었고, 잰걸음으로 서점 분키츠에 도착했다. 이곳에서 비 내리는 오후, 커피 한 잔을 앞에 두고 우아하게 책을 읽는 허세를 부려보기로 했다.

분키츠는 1,650엔을 내고 입장해 음료와 함께 이곳의 책을 원하는 만큼 볼 수 있는 콘셉트의 북카페 겸 서점이다. 책을 마음껏 볼 수 있는 옵션이 있다지만, 이 공간에 들어가기 위해 우리 돈 1만 5,000원 정도를 내야 한다면 허세가 맞을 수 있다.

분키츠에 들어서면 카운터에 돈을 내고 분홍색 배지를 받아 가슴에 단다. 이 공간을 마음껏 들락날락하며 원하는 책을 읽고 무한정 커피를 주문할 수 있는 프리패스다. 내부는 입장료를 받는 만큼 서가 구성과 인테리어가 세련됐고, 좌석도 편하다.

분키츠는 3개의 층으로 구성되어 있다. 1층은 카운터와 잡지 코너, 이벤트 부스가 있고, 짧은 계단을 통해 2층으로 올라가면 서가와 책을 읽을 수 있는 테이블로 구성된 메인 공간이 있다. 2층에서 다시 짧은 계단을 올라가면 1인용 테이블과 세미나실로 구성된 공간이 있다. 편한 의자와 1인용 스탠드 조명까지 갖춘 이 자리는 인기가 좋은지 모든 좌석이 차 있다.

서가는 귀한 책들로 가득하다. 좋아하는 책이지만 선뜻 지갑을 열기에 부담되는 영화, 미술, 디자인 분야의 값비싼 책이 특히 많은데, 몇백 원을 내거나 혹은 무료로 이용할 수 있는 공공도서관과의 차별점이 여기에 있다.

귀한 책들에 더해 다양한 신간이 포함된 3만여 권의 책이 장르별로 비치되어 있는데, 단순히 책장에 책만 가득한 게 아니라 곳곳에 추천하는 책과 소품으로 구성한 이벤트 코너가 아기자기하게 꾸며져 있다. 내가 방문했을 때는 다자이 오사무太宰治의 책과 굿즈가 멋지게 전시되어 있었다.

일본어가 익숙하지 않으니 텍스트 중심의 책을 찬찬히 읽는 건 불가능하고, 한 권씩 책을 꺼내 훑어보며 요즘 일본 북 디자인의 흐름을 경험했다.

분키츠는 글을 음미하고 즐긴다는 뜻의 한자 문끽文喫의 일본어다. 분주히 서가를 다니며 책을 보느라 테이블에 앉아 우아하게 커피 한 잔과 함께 문끽을 하는 허세를 부리지 못했지만, 3만 권의 책으로 가득한 공간에서 낸 돈의 가치를 훨씬 넘어서는 실리를 맛봤다.

분키츠가 생기기 전 이 자리에는 출판시장의 불황을 견디지 못하고 2018년 폐점한 아오야마 북센터青山ブックセンター가 있었다. 서점이 폐점한 자리에 서점을 다시 세운 건 무척 용감한 일이다. 용감은 좋은 표현이고 '무모하다'라는 표현이 맞을 듯하다. 물론 위대한 고민의 산물로 돈을 내고 책을 사는 곳이 아닌 돈을 내고 책을 보는 새로운 개념의 공간을 만들었으니 이 결정은 용감하지도, 무모하지도 않은 멋진 결정이라고 표현하는 게 맞겠다.

꼭 갖고 싶지만, 쉽게 지갑을 열기 어려운 미술, 사진,
건축 분야의 값비싼 도록으로 가득한 서가는 분키츠의 자랑이다.
많은 사람의 손을 타지만,
이 귀한 책들이 잘 관리되고 있는 것도 이곳만의 장점이다.

분키츠는 불황에 대응하기 위한 다양한 시도가 이루어지는 일본 출판 시장에서 꽤 신선한 시도로 평가받고 있다. 책을 살 수도, 읽을 수도, 개인 업무까지 처리할 수 있는 시스템을 완벽하게 갖춘 이 멋진 공간이 많은 관심을 받는 모양이다.

시모키타자와의 어느 카페에서 주문한 음료를 받으며, 카페에 머물 수 있는 시간이 적힌 쪽지를 함께 받고 당황한 적이 있다. 일본도 한국 못지않게 카페에서 오랜 시간 개인 업무를 보는 사람이 많은 모양인데, 몇백 엔짜리 커피 한 잔으로 주인 눈치 보면서 카페에서 업무를 보느니 전화 통화도 큰소리의 대화도 금지인 이곳에서 1,650엔으로 무한정 커피를 마시며, 허리가 끊어질 때까지 앉아서 당당하게 개인 업무를 처리하는 게 훨씬 이득일지 모른다.

더구나 이곳의 인테리어는 매우 멋지다. 과한 장식으로 화려하게 치장한 것도 아니고, 모던하고 심플한 공간 연출이 인상적이다. 하기야 책으로 가득 찬 서가보다 더 뛰어난 인테리어 콘셉트가 세상 어디에 있겠냐만.

책으로 둘러싸인, 그리고 조용한 공간에 있으니 잠이 몰려왔다. 잠을 쫓기 위해 커피 한 잔을 더 가져왔지만, 까무룩 잠이 들었다. 역시 커피는 맛으로 먹는 거였다.

✳

분키츠

Add. 도쿄도 미나토구 롯폰기 6-1-20 롯폰기전기빌딩 1층

Open. 09:00~20:00(마지막 주문 음식 19:00까지, 음료 19:30까지) | 연중무휴

Site. bunkitsu.jp

북카페 / 새 책 판매

롯폰기힐스

미술의 공공성이란

분키츠를 마주 본 상태에서 오른쪽으로 몇 발짝 옮기면
유명한 주상복합건물 롯폰기힐스Roppongi Hills가 보인다.
한국의 타워팰리스쯤 되는, 거주 공간으로서 부의
상징이다. 성공한 사업가나 부자를 뜻하는 신조어 '힐스족'
탄생의 배경이기도 하다.
롯폰기힐스에 처음 온 건 십몇 년 전이다. 맨 위층에
있는 모리미술관森美術館과 최고급 식당, 명품 부티크가
들어선 상업 공간을 둘러보면서 오랜 시간을 보냈다.
모리미술관에서는 제프 쿤스의 전시가 열리고 있었고,
화려한 쇼핑공간은 많은 이들로 북적였다. 롯폰기힐스를
포함한 이 지역 개발은 낙후된 도심 재개발 사업의 성공
사례로 불리지만, 거기까지 깊게 생각하지는 못했고,
한국에서 보지 못한 주거와 럭셔리한 상업 시설이
완벽하게 공존하는 고급 주상 복합 건물이어서 신기했다.
한국의 타워팰리스에 가본 건 그로부터 몇 년 후인데,
비슷한 시기에 만들었지만, 롯폰기힐스에 비해 상업
공간의 구성이 부족해 실망스러웠다. 한국과 일본을
대표하는 럭셔리 주상복합건물의 대결에서 롯폰기힐스의
손을 들어줬다. 물론 내 마음속으로.

롯폰기힐스가 승리한 데는 여러 이유가 있지만, 워낙 비싼 작품인 탓에 한국에서는 리움미술관 정원에 고이 모셔져 있는 루이즈 부르주아Louise Bourgeois의 조각 작품 〈마망Maman〉이 누구나 만져볼 수 있는 롯폰기힐스 앞마당에 있는 게 결정적이었다.
공공미술이란 그런 것이다. 작품성에 모두가 공감할 수 있어야 하고, 또 누구나 쉽게 접근할 수 있어야 한다. 그게 꼭 거대하고 유명한 작가의 값비싼 작품일 필요는 없다. 법에 따라 의무적으로 설치했건, 공공을 위한 기부에 의한 작품이건 이해할 수 있는 수준의 작품이 우리 생활 속에서 함께 해야 한다고 생각하는데, 롯폰기힐스 앞의 〈마망〉이 딱 그랬다.
하지만 롯폰기힐스의 〈마망〉에 너무 쫄 필요는 없다. 우리에게는 경희궁 근처 흥국생명 빌딩 앞에 설치된 조나단 보롭스키Jonathan Borofsky의 〈망치질하는 사람Hammering Man〉이 있다. 이 작품은 만져볼 수도 가까이서 올려다보며 그 크기를 가늠할 수도 있다. 크리스마스에는 빨간 산타클로스 모자를 쓰기도 한다. 시민과 적극적으로 커뮤니케이션하며 새로운 서비스를 제공하기 위해 노력하는 공공미술의 멋진 예다.

Space. 3

시부야에서 에비스

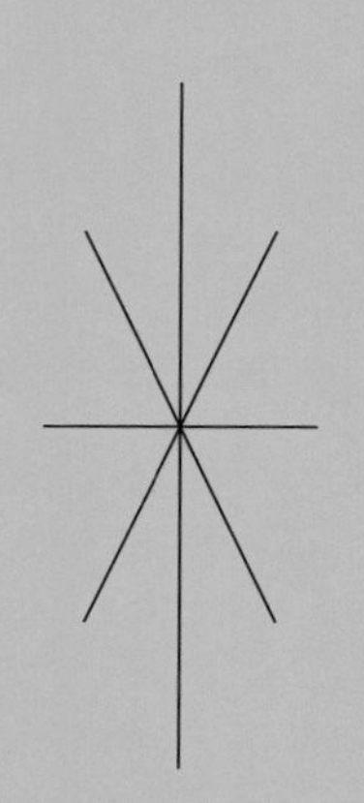

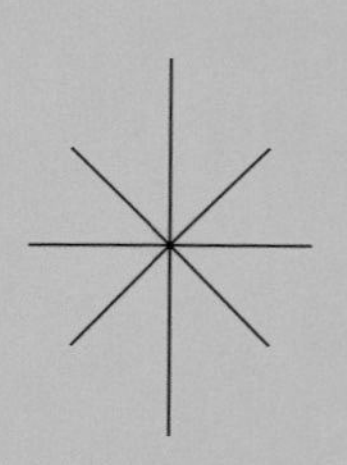

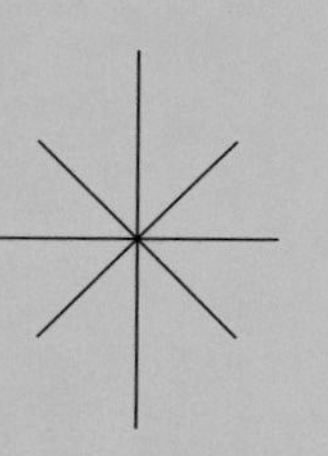

Shibuya

Ebisu

디앤디파트먼트

마루마루북스

나디프 바이텐

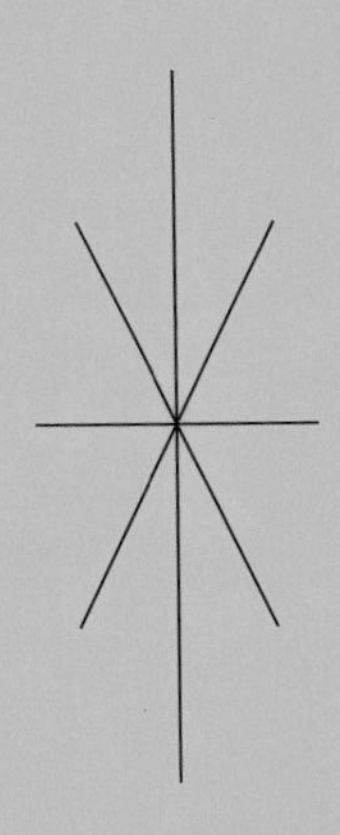

시부야는 도쿄에서 가장 번잡한 곳 중 하나다.
조용한 주택가 에비스는 도쿄에서 가장 인기 있는 주거지역이다.
극과 극의 성격을 가진 두 동네는 걸어가도 될 만큼 가깝다.
시부야역 앞 스크램블 교차점을 거슬러 시부야 히카리에 빌딩에 가면
감각적인 공간 디앤디파트먼트와 누구나 서점 주인이 되는 꿈을
가질 수 있는 마루마루북스가 있다. 맥주의 정원 에비스
가든 플레이스 안으로 들어서면 일본 사진 예술의 전부를
만날 수 있는 도쿄사진미술관과 사진 전문 서점 나디프가 있다.

디앤디파트먼트

촘촘한 네트워크로 세운 거대한 감각의 제국

시부야를 상징하는 것 중 하나는 묘한 화장에 희한한 옷을 입은 갸루족[1]인데, 무슨 일인지 이곳에서 갸루를 발견할 수 없었다. 시부야 스크램블 교차로는 여전히 복잡했지만, 갸루를 만나지 못해서인지 어딘가 활기가 부족해 보였다. 어쨌든 갸루가 없는 스크램블 교차로를 건너 시부야 히카리에빌딩에 왔다. 스크램블 교차로에서 기를 빼앗긴 탓인지 8층까지 가는 방법이 헷갈려 애를 먹었다. 에스컬레이터에 한 번 올라타는 것으로 해결되는 구조가 아니었다.

이 빌딩 8층에는 디앤디파트먼트D&DEPARTMENT와 시부야 마루마루북스渋谷○○書店가 있는데, 한국에서부터 꼭 한번 들르고 싶었던 디앤디파트먼트부터 찾았다. 디앤디파트먼트는 생활 잡화를 취급하는 편집숍이다. 트렌드에 따라 움직이지 않고 브랜드가 추구하는 가치관에 맞는 제품 중심으로 큐레

---

1 갸루는 소녀나 성인 여성을 뜻하는 Girl의 속어 Gal의 일본식 발음이다. 진한 화장과 독특한 패션, 헤어스타일을 한 여성들의 사고와 행동 양식이 포함된 서브컬처다. 1900년대 초반에서 2000년대 후반까지 유행했고, 주로 시부야와 하라주쿠에서 많이 활동했다. 화장법과 나이 등에 따라 하얀색 루즈삭스로 대변되는 고등학생 갸루인 고갸루, 언니를 뜻하는 일본어 오네를 포함한 단정하고 성숙한 스타일의 오네갸루, 공주풍 패션의 히메갸루와 극단적 메이크업을 한 궁극의 야맘바갸루가 있다.

이션하는 것을 고집하고, 그 과정에서 많은 이에게 알려지지 않았지만, 쓸모 있고 지역 특성을 잘 살린 제품을 제대로 발굴해 판매하는 것으로 유명하다.

그러니까 디앤디파트먼트는 서점이 아니다. 매장 한편에 서가를 두고 일본 여러 지역의 제품과 문화적 특성을 발굴해서 판매·홍보하는 과정을 담은 매거진과 도서를 출판하고, 그 책과 함께 이 브랜드 철학에 걸맞은 다른 출판사의 책도 큐레이션해 함께 판매한다. 말하자면 무지북스와 같은 콘셉트를 가진 셈이다.

디앤디파트먼트에 관심을 갖게 된 데에는 두 가지 이유가 있는데, 첫째는 디앤디파트먼트에서 출판하는 매거진 〈디 디자인 트래블d design travel〉이 한국의 〈매거진 B〉와 크기, 디자인, 콘셉트의 유사성이 상당하다고 느꼈기 때문이다. 물론 하나의 주제를 깊게 파헤치고, 분석한 결과를 내용으로 하는 매거진은 많다. 책의 판형도 마찬가지다. 오랜 기간 쌓아 온 경험을 기반으로 발견한 최적화된 크기를 반영했을 테니 그 유사성은 특별할 게 없다. 콘셉트가 유사하다면 디자인의 방향도 결과도 거기서 거기일 수 있다.

표절이니 차용이니 하는 얘기를 하자는 것은 아니고, 두 매거진의 우열을 말하고 싶은 것도 아니다. 모두 개성 있는 나름의 스타일을 유지하며, 가치를 인정받는 훌륭한 매거진이다. 다만 묘하게 닮은 스타일이 내 호기심을 자극했다는 것뿐이다.

둘째는 한국문화관광연구원의 지역관광상품을 개발하고 지원하는 파트의 매거진을 제작한 경험 때문이다. 그때 함께 일한 실무 담당자는 지역관광산업의 미래에 깊은 관심을 가졌는데, 프로젝트를 진행하는 동안 디앤디파트먼트에 대해 많은 이야기를 해줬다.

이 파트의 프로젝트는 상당히 창의적인 아이디어로 가득하고, 의욕과 열정이 대단해서 대한민국 공무원을 다시 보게 됐을 정도다. 이 파트는 지역 주민이 음식, 숙박, 기념품, 투어 같은 다양한 콘셉트로 만든 관광 사업체를 지원하는 일을 하는데, 단순한 금전적 후원 정도가 아니라 디자인, 세무·회계, 경영부터 메뉴 개발까지 사업체가 필요로 하는 분야에 해당 전문가를 선정해 연결해 주고, 컨설팅을 통해 관광상품 개발과 운영의 완성도를 높여주는 방식으로 이루어진다.

이를 바탕으로 지역 주민 중심의 관광 사업체가 '지역다움'을 기반으로 성장하고, 지역을 상징하는 로컬 브랜드가 될 수 있게 유도하는 것인데, 한국뿐 아니라 많은 나라의 중앙 및 지방정부가 로컬 브랜드의 가치를 높이기 위해 다양한 시도를 하고 있다. 디앤디파트먼트가 갖는 중요한 의미는 정부와 지자체에 앞서 민간 기업이 먼저 이 사업을 주도한 데 있다.

매거진 〈디 디자인 트래블〉을 통해 디앤디파트먼트를 알았지만, 생각보다 하는 일이 대단한 브랜드인 걸 알고 이태원의 디앤디파트먼트 매장을 찾기도 했다. 하지만 이태원 매장은 브랜드 정체성을 보여주기에는 구성이 턱없이 부실해 실망했다. 혹시 이곳도 그럴까 싶어 걱정스러웠지만, 쓸데없는 기우였다. 이곳은 디앤디파트먼트만의 창의적인 아이디어로 가득 했다.

디앤디파트먼트의 도쿄 본점은 세타가야구에 있고, 시부야 히카리에 빌딩에는 'd47 뮤지엄'과 'd47 디자인 트래블 스토어' 그리고 'd47 식당'이 있다. 뮤지엄과 디자인 트래블 스토어는 한 공간을 나눠 쓰고 있다. 내가 방문했을 때는 가나가와현의 로컬 브랜드를 홍보하는 전시회가 열리고 있었다. 스토어 역시 가나가와현 제품 중심으로 구성했고, 서가 일부에 가나가와현 관련 도서를 홍보하는 작은 부스를 함께 마련해 놓았다.

서가는 디앤디파트먼트의 주력 간행물인 〈디 디자인 트래블〉 시리즈를 중심으로 한결 가벼운 타블로이드판 형태의 간행물과 디앤디파트먼트의 대표인 그래픽 디자이너 나가오카 겐메이長岡賢明의 책 등이 큐레이션되어 있다.

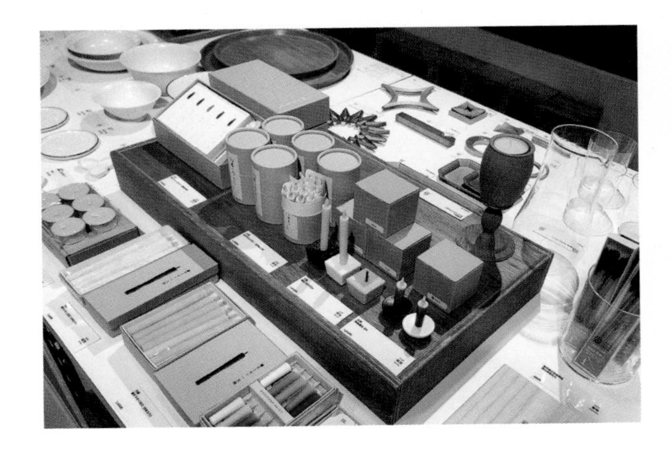

KANAGAWA
BUSSAN
MARKET
KANAGAWA
BUSSAN
MARKET
d&DRY
CURRY
YOKOHAMA
HARBOUR
東京職人

D&DEPARTMENT PROJECT
NEW ARRIVAL

여기에서 흥미롭게 본 아이템이 있는데, VISION'D VOICE라는 인터뷰이interviewee의 육성을 담은 CD다. CD라니, 이 물건을 사용할 수 있는 플레이어가 한국에는 존재하기나 하는지. 하지만 중요한 건 이 물건의 아날로그적인 형태와 사용 방식이 아니다.

"일본은 아직도…."라는 비아냥이 나올 수 있지만, 콘셉트는 무척 흥미롭다. 글을 읽는 것이 아닌 '있는 그대로의 목소리'를 통해 정제되지 않은 인터뷰이의 생생한 생각을 들을 수 있는 것은 글을 통한 커뮤니케이션과 또 다른 매력이다.

이 CD에 수록된 이들의 이력도 새삼 대단하다. 우선 후카사와 나오토深澤直人가 있다. 일본을 대표하는 세계적인 산업디자이너이고, 무인양품의 가전제품 디자인에 많은 영향을 끼친 인물이다. 무인양품 매장에서 디자인에 혹해 꼭 사고 싶은 가전제품이 있다면 그건 후카사와 나오토가 디자인했을 확률이 90% 이상이다. 무인양품에 들르면 매번 그가 디자인한 하얀색 벽걸이 CD 플레이어 앞에서 살지 말지 고민한다. 사용할 수 없지만 멋진 인테리어 소품으로 아니 위대한 디자인 작품으로서 디터 람스의 턴테이블을 갖고 싶은 욕심과 같다고 할까?

"21세기에 CD 플레이어라니"와 "그래도 멋지잖아" 사이에서 몇 년째 망설이는 중이다.

이 밖에도 누구나 다 알고 있을 무라카미 다카시, 그래픽 디자인계의 슈퍼스타 하라 겐야, 그리고 다나카 잇코까지…. 다나카 잇코의 CD를 보는 순간 가슴이 뭉클해질 만큼 반가웠다. 일본어가 익숙해 이 사람이 가진 디

자인에 관한 생각을 찬찬히 들을 수 있다면 얼마나 좋을까 하는 아쉬움이 들었다. 아마 다나카 잇코의 영향을 크게 받은 한국의 많은 디자이너도 같은 생각일 듯하다.

전시장과 디자인숍 규모는 작고 소박하지만, 어느 곳보다 감각적으로 느껴졌다. 디앤디파트먼트는 좋은 상품과 이를 만든 사람을 소개하고 그 개성을 확인해 오리지널리티를 부여함으로써 브랜드의 정체성 확립을 돕는다. 그리고 각 브랜드의 철학 공유를 위한 커뮤니티를 만들고 이를 활성화했다.

보이지 않는 이 정신 때문에 눈에 보이는 공간 구성이 더 감각적으로 느껴졌다. 소박하게 구성된 제품의 전시를 뛰어넘어 그 뒤에 숨어 있는 메시지와 그들이 구축한 지역 간의 네트워크가 무겁게 다가왔고, 마치 나가오카 겐메이가 세운 감각의 제국 한가운데에 서 있는 듯한 기분이 들었다.

〈디 디자인 트래블〉 한 권과 타블로이드판 매거진 한 권을 구입했다. 일본에서 책을 살 때 서점의 디자인 아이덴티티를 경험하기 위해 필요하지 않아도 쇼핑백을 함께 요구하는 편인데, 디앤디파트먼트의 쇼핑백은 일본에서 만난 것 중 최고였다. 이곳과 전혀 상관없는 다른 점포의 재사용 쇼핑백에 디앤디파트먼트의 로고가 새겨진 박스 테이프를 무심하게 툭 붙였다. 몇 번이고 누군가에 의해 사용된 후 이곳에 들른 쇼핑백에 박스 테이프 하나로 멋진 아이덴티티를 부여했다. 얼마나 훌륭한 아이디어인가. 소박하지만 이 위대한 감각에 박수를 보낸다.

*

디앤디파트먼트

Add. 도쿄도 시부야구 시부야 2-21-1 시부야 히카리에빌딩 8층

Open. d47 디자인 트래블 스토어 12:00~20:00, d47 뮤지엄 12:00~20:00(입장 19:30까지)

d47 식당 월·화·목 11:30~20:00, 금·토·공휴일 전날 11:30~21:00

일 09:00~11:00, 11:30~20:00 | 정기휴무 수요일

Site. www.d-department.com/ext/shop/d47.html

새 책 판매 / 생활 잡화

d design travel
가나가와神奈川
2023년 5월 발행
192쪽
175×230mm

나가오카 겐메이 *ナガオカケンメイ 1965-*

위키피디아는 그를 롱 라이프 디자인Long life design 활동가로 정의한다. 긴 생명력을 지닌 디자인, 유행이나 시대에 좌우되지 않는 보편적 디자인을 말한다는데, 이렇게 어려운 콘셉트의 디자인을 수행할 수 있는 이가 세상에 얼마나 될까? 거기에 물건을 만드는 이와 판매하는 사람에 더해 디자인을 둘러싼 환경까지 올바르게 갖춰져야 진정한 '롱 라이프 디자인'이라고 한다. 무척 까다로운 조건이지만, 나가오카 겐메이는 이 시도가 물건이건 사람이건 과정이건 모두의 본질에 다가서는 풍요로운 삶을 만드는 방식이라고 한다.
나가오카 겐메이는 광고대행사 하쿠호도와 일본디자인센터에서 근무한 후, 1991년 하라 겐야와 함께 하라디자인연구소 설립에 참여했다. 2001년 디앤디파트먼트 프로젝트를 설립하고, 도쿄 세타가야구 오쿠사와에 첫 매장 디앤디파트먼트 도쿄를 오픈했다. 2009년 도쿄 중심의 디자인에서 벗어나, 지역의 디자인을 발굴하고 이를 새로운 시각으로 해석한 여행 매거진 〈디 디자인 트래블〉을 창간했다.2013년 디앤디파트먼트 서울로 한국에 진출했고, 2020년 디앤디파트먼트 제주를 오픈했다.

d design travel

일본의 행정구역은 2개의 도와 2개의 부府, 43개의 현県으로 나뉜다. 도쿄도는 특별시, 부는 광역시, 현은 우리나라의 도 정도로 보면 된다. 교토와 오사카는 부로 분류되고, 도쿄도를 제외한 나머지 하나의 도는 홋카이도이다. 도쿄도와 홋카이도의 도는 한자가 다른데, 도쿄도는 도읍 도都를 홋카이도의 도는 길 도道를 쓴다.
〈d design travel〉은 이 47개 도도부현에 뿌리내리고, 오랫동안 지속되어 오고 있는 지역의 '개성'과 '지역다움'을 디자인적 관점으로 소개하는 여행 가이드 스타일의 매거진이다.
디앤디파트먼트 프로젝트만의 시각으로 취재하고 검증한 관광, 식당, 쇼핑, 숙박, 카페, 인물 등 6가지 카테고리로 구성되어 있는데, 10년 후에도 지속될 수 있는 생명력과 그 지역의 메시지를 확실하게 가지고 있는 장소를 소개한다.

디앤디파트먼트 | www.d-department.com

시부야

지금은 희미해진 갸루의 추억

신호등의 초록색 불이 켜지는 순간, 시부야역 앞 스크램블 교차로의 다섯 개 횡단보도로 동시에 쏟아져 나오는 사람들이 주는 위압감은 상당하다. 별것 아닌 풍경일 수 있지만, 빨간색 불이 켜져 있는 동안 보행 신호를 기다리는 사람이 늘어나며 그 수가 축적되는 것도 장관이고, 이들이 일시에 각자의 방향으로 걸음을 옮기는 동안 생성되는 암묵적인 질서가 놀랍기도 하다.

순전히 내 주관적인 판단이지만, 도쿄를 대표하는 풍경 세 곳을 꼽는다면, 드라마와 영화 〈심야식당〉의 배경이자 온갖 테마의 작고 허름한 선술집이 가득한 신주쿠 골든가, 럭셔리한 주거와 상업 시설이 공존하는 롯폰기힐스, 그리고 시부야의 스크램블 교차로를 들고 싶다.

교차로에 사람 많이 모인 게 무슨 볼거리냐고 말할 수 있지만, 생각보다 그 위용이 대단하고 또 이 교차로는 갸루ギャル의 성지 시부야로 들어가는 입구이기 때문이다.

오래전, 이곳에서 보행 신호를 기다리는 사람들 사이에
섞인 묘한 행색의 갸루를 처음 본 순간의 충격을 잊을
수 없다. 열 발짝 이상 걷는 게 가능할까 싶을 정도의 굽
높은 샌들에 짧은 핫팬츠와 금발 염색, 굵은 웨이브의
헤어스타일과 파격적인 메이크업까지. 이런 모습의
인류가 존재한다는 사실을 눈으로 보고도 믿을 수 없었다.
스크램블 교차점을 지나 시부야에 발을 들여놓는 순간
갸루는 점차 늘어나 마치 이 동네를 점령이라도 한 것처럼
많기도 했고, 위세가 대단했다.
생각해 보면 자신의 본 모습을 감추고 극단적으로
치장하는 일본인을 경험한 게 처음은 아니었다. 얼굴에
온통 하얗게 분을 칠한 게이샤가 있고, 화려함과 기괴함이
극에 달한 가부키 배우의 분장은 또 어떤가? 하지만 그건
전통과 예술이라는 명목 아래의 경우고, 갸루의 외관은
일상의 모습이 아닌가. 이런 행동 양식이 용인되는
일본 사회가 한편 퇴폐적으로, 또 한편은 개방적으로
느껴졌었다.

하지만 지금 갸루는 퇴폐와 일탈에 빠진 문란한 여성들이 아니라, 전통적 여성성을 강조하는 보수적인 일본인들의 의식에 반발하며 강력하게 펀큐를 날린 저항의 아이콘으로 새롭게 해석되고 있다.
이들의 등장은 도발적 행위에 익숙하지 않은 일본 사회가 받아들이기 어려운 충격이었고, 기성세대와 언론은 이를 단순한 성적 도발 정도로 치부해 버렸다. 이 시기에 나타난 원조교제의 온상으로 갸루족을 지목하는 등 이들의 저항은 억울하게 매도된 측면이 있다. 한국도 일본에서 이뤄진 편견을 그대로 받아들여 일본 사회의 병폐쯤으로 치부했고, 나 역시 같은 시각으로 갸루를 바라봤다.
왜 일본인은 기성세대의 보수적 사고에 저항하지 않는가 하고 생각했지만, 이들도 잘못된 관념에 대해 때로는 거부하고 맞서는 젊은이들을 갖고 있던 것이다.
버블경제1986~1991가 끝나고 일본 경제의 장기 침체가 시작되는 1990년대 초반에 생겨, 1990년대 후반 정점에 달했던 갸루 문화는 스마트폰과 SNS의 등장 같은 트렌드의 변화로 인해 2010년대에 들어서면서 점차 사라지기 시작했다.

이제는 시부야에서 만날 수 있는 갸루는 거의 없다.
복잡한 스크램블 교차점을 지나 들어선 시부야는 여전히 활기찼지만, 드문드문 보이는 갸루의 모습을 보며 이 거리의 파워가 예전 같지 않다는 기분도 들었다.
요즘에는 갸루 대신 미나토구 조시港区女子라는 신조어가 들린다. 부자들이 많이 사는 지역인 도쿄의 미나토구와 여자를 뜻하는 조시가 합쳐진 미나토구 조시는 돈 많은 이들을 스폰서 삼아 생활하는 허영에 찬 여성을 말한다.
당연히 이들을 좋지 않은 시선으로 보는 이들이 많은데, 지금까지 남아 명맥을 유지하고 있는 갸루들이 특히 이들에게 많은 반감을 갖는다고 한다.
왜 안 그렇겠는가. 독립된 개체로서 보수적인 사회에 능동적인 저항을 했던 이들이 허영에 젖어 사는 이들의 수동적인 삶을 곱게 받아들일 수는 없는 노릇 아닌가.

마루마루북스

당신도 서점 주인이 될 수 있습니다

시부야 마루마루북스渋谷○○書店는 공동서점이라는 콘셉트로 2021년 시부야 히카리에빌딩 8층에 문을 열었다. 가로×세로 40cm 정도의 선반에 하나의 서점이 한 명의 주인에 의해 운영되는 방식인데, 이 시스템은 진보초의 파사주에서도 얘기했다. 그러면 이 서점은 새로울 게 없겠지만 포인트는 이 서점이 관官에 의해 설립되었다는 것이다. 시부야구에 서점이 점차 줄어드는 추세에 대한 해결 방안을 모색하기 위해 시부야구청이 직접 이 형태의 서점을 만든 것이다.

사전 정보를 얻고 서점에 들어서니 왠지 모를 관의 향기가 살짝 느껴진다. 그게 뭐냐고? 말이나 글로 표현할 수 없는 묘한 분위기가 있다. 구색을 갖추기 위해 노력한 흔적은 보이지만 2% 정도 부족한 그 무엇이랄까? 그래도 새로운 운영 방식을 빠르게 도입한 노력에는 박수를 보낸다.

서점의 분위기는 심플하다. 진보초 파사주가 인테리어에 무척 신경을 쓴 반면 이곳은 책을 비치하는 서가를 제외하면 별다른 시설이 없다.

반쯤 누워 편하게 책을 읽을 수 있는 1인용 공간이 있지만 두 곳에 불과하다. 하지만 160여 명의 서점 주인이 자신만의 콘셉트로 꾸민 서가의 열기는 파사주를 뛰어넘는다. 마치 주인의 사적 공간을 엿보는 듯한 감정이 들 정도로 아기자기한 장식과 정성스럽게 쓴 책 소개나 메시지가 인상적이다.

파사주와 마찬가지로 이 서점에 입점하기 위해 내야 하는 비용이 있는데, 입회비는 9,900엔이고 매월 사용료와 함께 판매되는 책 한 권당 100엔의 수수료를 마루마루북스에 내야 한다. 만만치 않은 금액이지만, 이곳에 자신만의 서점을 내기 위한 대기자의 수도 파사주 못지않다고 한다.

작은 서점들 속에서 대만인이 선반을 임차해 대만의 디자인과 건축을 소개하는 책 중심으로 꾸민 선반이 눈에 띄었다. 일본어로 번역한 책이 아닌 대만어로 만든 책이 꽂혀 있었지만, 이미지만으로도 대만의 분위기를 느낄 수 있는 책들이다.

꼭 그 나라의 언어를 알아야 책의 감성을 느낄 수 있는 것은 아니다. 정보를 얻을 수는 없겠지만 책이 가진 감성은 손에 들고 책장을 한 장 한 장 넘기는 것으로도 충분히 마음에 전달된다. 나도 기회가 되면 나만의 서점을 열고 내가 아끼는 책을 통해 이곳을 찾는 이들과 소통하고 싶다.

유독 아기자기하게 꾸민 한 칸 서점에서 〈더 리틀 이슈The Little Issue〉라는

제목을 단 인디북을 한 권 샀다. 손바닥만한 크기에 열 몇 장의 내용이 전부이고 디자인이라고 할 것도 없는 조악한 구성이지만, 리소그래프 인쇄[1]에 스티커까지 붙여 정성껏 제작한 마음이 대견했다. 가격이 제법 비쌌지만, 응원의 마음을 담아 기쁜 마음으로 구매했다.

일본의 인디북은 동인지同人誌에서 그 시작을 찾을 수 있다. 사전적 의미가 아닌 일본에서의 동인지는 오타쿠문화, 서브컬처 등을 상징한다. 부정적인 시각으로 보는 경우도 많고, 여러 가지 문제에 노출된 것도 사실이지만, 동인지는 일본 문화의 다양성을 보여주는 증표다. 만화가 가장 먼저 연상되기는 하지만 여러 주제와 사회 현상에 대한 관심사를 다양한 시각으로 분석하고 이를 통해 소통하는 모습에서 이 나라의 희망을 찾을 수 있다.

한국에서도 폭넓은 주제를 나름의 시각으로 해석하고, 기발한 디자인

1 리소그래프Risograph 판화 방식의 초기 인쇄 기법.

으로 완성한 인디북을 만날 수 있다. 한국의 인디북은 일본에 비해 훨씬 정제된 내용과 형식을 갖추고 있는데, 상업성을 앞세우는 메이저 출판사의 전략과 달리 실험적이고 자유로운 사고로 만든 결과물이 많은 이의 관심을 받아 주류 시장에 화려하게 등장하기도 한다. 백세희 작가의 수필집 〈죽고 싶지만 떡볶이는 먹고 싶어〉는 인디북으로 출발해 한국 출판계의 트렌드를 바꿨고, 일본어로도 출판되어 10만 부 이상 판매됐다.

자본이건 고정관념이건 이미 공고하게 완성된 구조이건 세상을 지배하는 모든 것에 구애받지 않는 이들의 무모한 시도가 결국 세상을 변하게 한다. 책이 팔리지 않는 시대, 서점이 점차 문을 닫는 세상이라지만, 불투명하고 힘든 미래에 자신의 젊음을 걸고 새로움에 도전하는 멋진 출판인들이 있어 세상의 책은 더 멋지게 발전하는 중이다.

✳

마루마루북스

Add. 도쿄도 시부야구 시부야 2-21-1 시부야 히카리에빌딩 8층

Open. 12:00~18:00

Site. www.hikarie8.com/books/about.shtml

중고 책 판매

나디프 바이텐

사진을 좋아하는 그대에게

JR 동일본의 야마노테선 에비스역에서 내려 스카이워크를 타고 거대한 맥주의 정원인 에비스 가든 플레이스의 품으로 들어가면 도쿄도사진미술관[1]이 나온다. 원래는 에비스역에서 도보 7분 정도 거리에 있는 나디프NADiff 본점에 가려고 했지만 휴무일이었다. 화요일에 휴무라니. 보통 일요일이나 월요일에 쉬지 않나? 언제 쉬건, 남의 휴무일에 내 기준을 들이대는 나도 참 별수 없는 인간이다.

투덜대다 나디프 분점이 도쿄도사진미술관 안에 있다는 정보를 찾아내고 발길을 돌렸지만, 도쿄도사진미술관의 서점 나디프 바이텐NADIFF BAITEN은 작은 구내서점 정도에 지나지 않았다. 나디프만의 정체성을 발견하기에는 턱없이 부족한 규모와 큐레이션이라 몇 권의 책을 뒤적이다 나왔지만, 후회는 없었다.

우선 스카이워크를 통해 도쿄도사진미술관까지 가는 동안 바라본 바깥 풍경이 멋졌다. 도쿄 사람들이 가장 살고 싶은 동네 중 하나라는데, 서점 구경 따위 포기하고 여유롭게 산책을 즐기다 에비스 맥주 한 잔으로 하루를

1 도쿄도사진미술관東京都写真美術館 https://topmuseum.jp

展覧会図録 Exhibition Catalog

마무리하고 싶었다.

사진관 입구까지 이어지는 벽에 설치된 우에다 쇼지植田正治의 사진을 만난 것도 기뻤다. 압도적인 크기로 프린트된 〈아내가 있는 모래 언덕 풍경〉 속 돗토리 사구의 황량함은 작은 도록을 통해 보는 것과 비교되지 않는 거대한 감동으로 다가왔다.

우에다 쇼지를 말할 때 떠오르는 감상 몇 개가 있는데, 일단은 벨기에의 초현실주의 화가 르네 마그리트다. 그의 사진에 자주 등장하는 중절모 때문일 수 있지만, 특유의 몽환적인 연출이 르네 마그리트의 초현실적인 화풍과 무척 닮았다.

주제가 되는 피사체 근처에 뜬금없이 등장하는 인물이 사진을 보는 이의 시선을 끌어모으며, 주인공을 또 다른 주변 인물로 만들어 버리는 구도가 환상적이다. 아이들을 피사체로 한 사진이나 패션 광고사진에서도 그 경향이 뚜렷하지만 〈아내가 있는 모래 언덕 풍경〉에서 그 스타일이 절정에 이른 듯하다. 이 사진 한 장으로도 그날 하루는 충분히 행복했다.

그리고 다카마쓰 신高松伸이 설계한 우에다쇼지사진미술관도 함께 생각나는데, 돗토리현을 찾은 한국인들이 올린 여행기에 이 사진미술관 이야기가 많이 나온다. 한때 안도 다다오에 비견되던 건축가가 설계한 건축물이라 그의 사진과 멋진 설계도 함께 감상하기 위해 꼭 들러보고 싶은 곳이다.

이 사진미술관의 자료를 찾기 위해 인터넷을 뒤적이다 '어떤 새끼'가 쓴 이상한 글을 하나 발견했다. 우에다쇼지사진미술관의 위치에 대해 '일본해'와 맞닿은 곳에 있다는 설명과 함께 동해는 한국 기준으로 부를 수 있는 명칭이고, 일본 입장에서 동해는 받아들이기 어려운 명칭이라는 개소리였다. 돗토리현에서 바라보는 바다는 일본의 서쪽에 있는 것이니, 동해라는 표현을 고집하는 것은 무리라는 논리인데, 별것 아닌 잡지식으로 말이 안 되는 주장을 늘어놓은 것이다.

그럼 걔들도 서해라고 주장을 하면 모를까, 1923년 조선을 식민지배하던 때에 일본해라는 극단적인 명칭으로 국제기구에 등록한 것을 인정해야 한다고 아가리를 나불거리는 이 새끼의 뇌 구조가 궁금하다. 도대체 내 나라 앞바다를 부를 때 왜 남의 나라 이름을 붙여야 한다는 거냐? 이 자식아.

워워, 흥분을 가라앉히고, 도쿄도사진미술관 곳곳에 무척 강렬한 이미지의 포스터와 사진이 붙어 있었는데, 후카세 마사히사深瀬昌久라는 작가의 작품 전시를 알리는 것이었다. 표정과 포즈가 장난스러워 보이기도 하고 얼핏 퇴폐적인 관능미가 느껴지는 여성을 피사체로 한 사진이 눈을 뗄 수 없을 정도로 인상적이었다.

나디프 앞 휴게공간에 자리 잡고, 이 작가에 대해 검색했다. 후카세 마사히사는 1960년대부터 1992년 사고로 카메라를 내려놓을 때까지 30여 년간 작품활동을 했다고 한다. 사고 이후 2012년 사망할 때까지 20여 년간 작품활동을 하지 않아 잊힌 인물이었는데, 최근 재조명받는 모양이었다. 1963년부터 10여 년에 걸쳐 아내인 요코의 일상을 찍은 사진이 유명한데, 포스터와 홍보용 사진 속 인상적인 모델이 바로 후카세 마사히사의 아내였다. 두 사람은 사진가와 모델로 만나 결혼까지 했지만, 함께하는 동안 그들의 사이는 원만하지 않았다고 한다.

아내의 일상을 통제하려는 후카세 마사히사로 인해 요코는 힘들어했고 몇 번의 가출도 있었다고 한다. 1973년 둘의 관계가 더욱 안 좋아지며 이

별을 예감했지만, 결말이 어떻든 1년의 시간을 두고 요코를 피사체로 한 사진을 찍기로 약속했다. 그후 후카세 마사히사는 매일 집을 나서는 아내를 베란다에서 내려보며 사진을 찍었고, 결국 둘은 헤어졌다.

사진 속 요코의 표정은 자신을 힘들게 하는 남편을 바라보는 표정이라고 하기에는 너무 맑아서 이 사연을 모르고 봤다면 아름다운 로맨스의 기록으로 읽었을 듯하다. 사랑이 함께하던 시절과, 모델과 작가의 관계만 남았던 시기의 사진을 비교하면서 보고 싶다.

그녀가 떠난 후 후카세 마사히사의 삶은 피폐해졌다고 한다. 그를 떠난 이후 요코의 삶이 행복했는지 모르겠지만 둘은 불행을 공유하는 슬픈 인연이었을 것 같다.

헤어진 연유가 어떻든 이들의 이별은 무척 안타깝다.

"이토록 멋진 피사체와 왜 헤어지셨습니까?"
"이토록 당신을 멋지게 표현해 준 사진가와 왜 헤어지셨습니까?"

✳

나디프 바이텐

Add. 도쿄도 메구로구 미타 1-13-3 도쿄도사진미술관 내

Open. 10:00~18:00(목·금요일 10:00~20:00)

※ 휴무일은 도쿄도사진미술관의 휴무일에 따름

Site. www.NADiff.com

새 책 판매

우에다 쇼지 사진집
〈불어오는 바람吹き抜ける風〉

2005년 도쿄도사진미술관에서 열린 우에다 쇼지의 회고전 〈불어오는 바람〉을 위한 사진집. 돗토리 사구를 배경으로 촬영한 〈사구 시리즈〉를 중심으로 1930년대부터 1999년까지의 작품이 실려있다. 흑백 사진의 색감을 충실히 구현하기 위해 특별히 개발한 우에다 그레이Gray라는 잉크를 사용해 인쇄했다.

출판사 규류도求龍堂
2005년 발행
163쪽
190×255mm

우에다 쇼지 植田正治 1913~2000

돗토리현에서 태어나 19살에 3개월간 도쿄에서 사진을 배우고 돌아온 후, 한 번도 고향을 떠나지 않고 70년 동안 오직 돗토리 지역에서만 사진을 찍었다. 돗토리 해안가의 모래 언덕을 배경으로 삼고, 독특한 피사체 배치를 통해 연출한 흑백의 몽환적 이미지로 유명하다. 그의 초현실적이고 신비로운 분위기의 작품은 사진에 관한 하나의 사조思潮가 되어, 유럽에서는 우에다 쇼지의 사진 스타일을 뜻하는 우에다 톤Ueda-tone이라는 용어가 생겨났다.

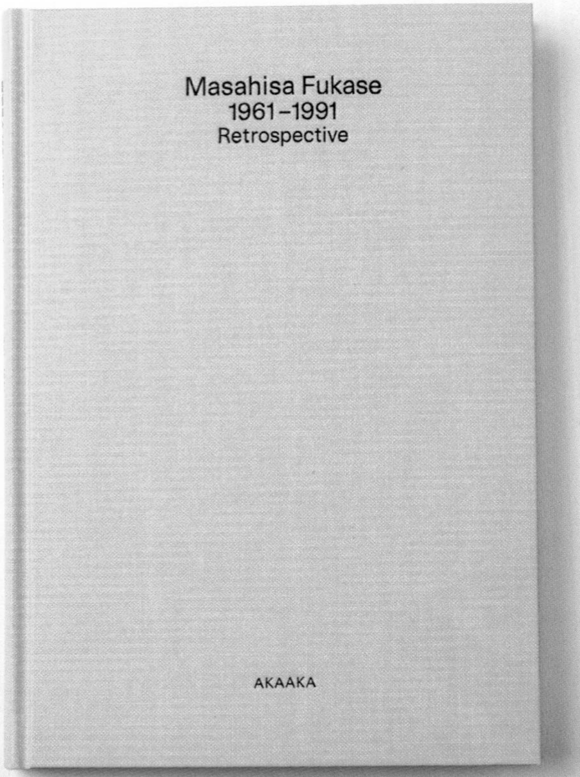

출판사 아카아카샤赤々舎
2023년 발행
216쪽
148×220mm

후카세 마사히사 深瀬昌久 1934-2012

일본대학교 미술학부 사진학과를 졸업했다. 일본디자인센터와 가와데쇼보신샤河出書房新社에서 근무한 후 1968년 독립해 전업 작가의 길을 걸었다. 아내 요코와 가족 등 가까운 사람을 피사체로 삼은 사진을 통해 그들의 사적 이야기를 세상에 폭로하는 방식의 작품활동으로 독보적 위치를 구축하였다. 이 스타일은 1970년대 '개인 사진' 정도로 해석할 수 있는 와타시샤신私写真으로 불리며, 그를 상징하는 캐릭터가 되었다.

후카세 마사히사 1961-1991 회고전

深瀬昌久 1961-1991 レトロスペクティブ

2023년 3월 3일부터 6월 4일까지, 도쿄도사진미술관에서 열린 후카세 마사히사의 회고전에 전시된 작품이 실려있다. 아내 요코와 헤어진 후 집착하다시피 찍은 까마귀 사진 등 많은 대표작이 수록되었지만, 가장 눈길이 가는 것은 요코를 피사체로 삼은 사진들이다. 두 사람이 처음 만난 시기부터 헤어지기 전까지, 시간의 흐름에 따라 달라지는 요코의 모습을 보며 묘한 관음증을 느꼈다. 이게 그가 표현하고자 한 '와타시샤신'이라면, 요코가 그를 떠나기로 마음먹은 게 옳은 선택이라는 생각이 든다.

Space. 4

오모테산도에서 신주쿠

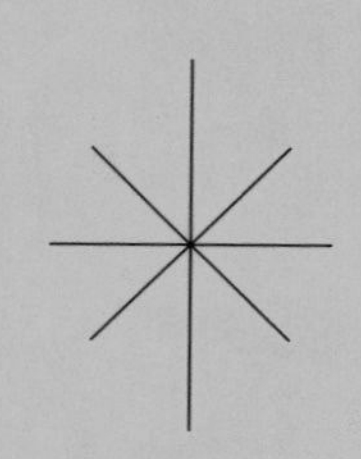

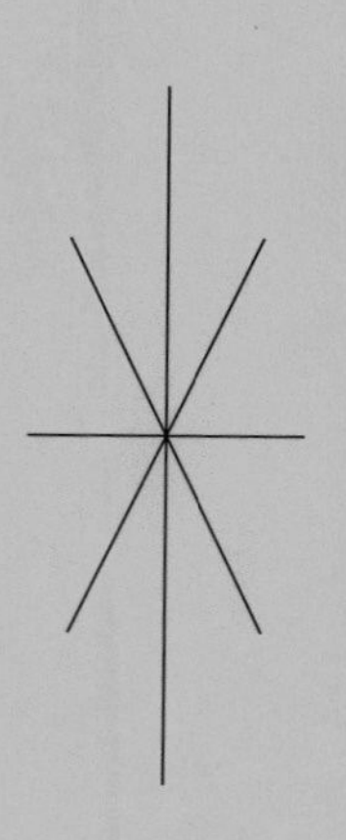

Omotesando

Shinjuku

산요도

메이지진구야구장

기노쿠니야

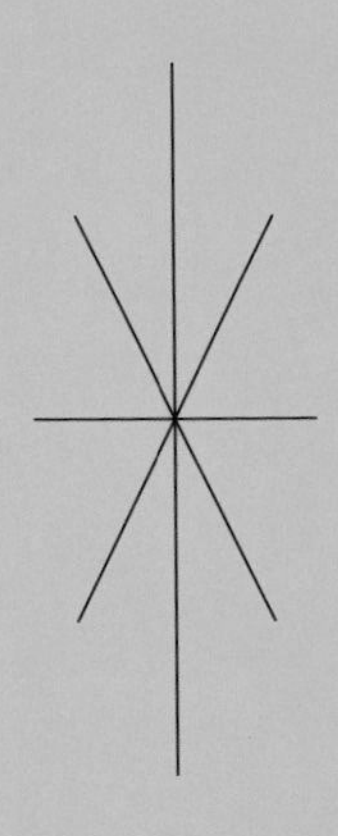

오모테산도에는 100살의 나이를 가진 작은 서점 산요도가 있다.
신주쿠의 기노쿠니야는 100살의 생일을 앞둔 초대형 서점이다.
명품 부티크가 즐비한 오모테산도를 거슬러 올라가 산요도에 들어서면
거리의 욕망과 완전히 차단된 책의 공간이 시작된다. 향락의 거리
신주쿠를 가득 채운 사람들을 헤집고 기노쿠니야에 들어서면 거리의
소란함과 완벽히 차단되는 또 다른 공간, 책의 나라가 있다.

산요도

메이지신궁보다 먼저 생긴
도쿄의 최고참 서점

지극히 세속적인 나는 오모테산도역에서 엎어지면 코가 닿을 위치에 있는 산요도山陽堂의 건물 가격을 상상해 봤다. 이 서점은 두 번 방문했는데, 한 번은 하라주쿠역에서 내려 샤넬과 디올, 불가리, 오모테산도힐스까지 개성 넘치는 명품 부티크가 늘어선 욕망의 거리를 거슬러 올라가는 길을 택했다.

두 번째는 오모테산도역을 통해 갔는데, 이 역 앞의 교차로를 건너면 부자 동네 아오야마가 시작된다. 찾아가는 방법에 따라 이 서점의 위치는 명품 거리 오모테산도의 시작점일 수도, 끝자락일 수도 있고 부촌 아오야마가 시작하는 곳일 수도 있다. 서점의 위치를 어떻게 정의하건, 이런 자리에 서 있는 건물이라면 계산기부터 두드려 보는 게 당연하다.

건물과 땅의 값어치야 어마어마하겠지만, 외관은 주변의 화려함과 전

1 메시지신궁明治神宮 1912년 제122대 왕 메이지가 사망하고 1914년 왕비가 사망한 후, 두 사람을 기리기 위해 1915년 건설을 시작해 1920년 11월 1일 창건한 신사다.

2 태평양전쟁이 막바지로 치닫던 1945년 3월 10일 일본을 무력화시키고 전쟁의 조기 종결을 위해 미군이 추축국인 일본의 수도 도쿄와 그 주변 일대에 대량의 소이탄을 투하했다.

혀 어울리지 않는 형상이다. 우선 4층 건물 한 면을 차지한 벽화를 보는 순간부터 이질감을 느꼈다. 쇼와 시절의 추억을 떠올리게 하는 이 그림은 분명 사람의 마음을 차분하게 하는 매력이 있지만, 양손 가득 든 명품 쇼핑백을 든 이가 이 그림을 본다면 문득 자신을 돌아보며 내면에 충만한 욕망이 사그라질 듯하다.

구멍 뚫린 우산을 들고 하늘을 보는 두 아이가 있는 다니우치 로쿠로의 이 작품은 페인팅이 아니라 모자이크다. 가까이서 벽을 채운 갈색 타일 조각을 보면 마치 박수근 화백의 그림에서 느껴지는 소박한 텍스처가 떠오른다. 1975년에 작품이 설치됐으니 50여 년이 다 되어 가지만, 페인트로 그린 게 아닌 탓에, 여기저기 벗겨지거나 바래지 않고 자연스레 세월의 흐름과 함께 곱게 나이 들어가는 모습이다.

벽화의 나이가 50살에 가깝다지만 이 건물의 나이는 무려 92살이다. 창업주 만노 마고지로가 1891년 서점을 냈고, 1년 뒤 여기서 멀지 않은 곳에 메이지신궁[1] 이 세워졌다. 1931년 지금의 자리로 이전한 후 1945년 도쿄 대공습[2] 때도 이 서점은 무너지지 않고 지금의 자리를 지키고 있다. 산요도가 이 동네와 어울리지 않는 건물이라고 했지만, 산요도의 모습이 원래 이 거리의 풍경이었고, 나중에 들어선 화려한 명품 부티크들이 그 풍경을 잠식한 것이다.

산요도 건물은 1963년 도쿄올림픽을 위한 아오야마 거리 정비 사업으

로 인해 건물의 3분의 2가 잘렸다고 한다. 100여 년 가까운 세월 동안 수많은 풍파를 겪고도 꿋꿋이 살아남았지만 정작 무서운 건 도쿄도의 공무원인 셈이다.

서점은 도쿄도 공무원의 활약으로 인해 무척 좁아졌다. 4층이라는 규모를 생각하면 전체 면적은 제법 넓을 수 있지만, 한 층의 면적만 따진다면 여태껏 다녀 본 서점 중에서 제일 좁다.

하지만 깔끔하게 정돈한 서가는 여느 서점보다 인상적이다. 벽에 책장을 세워 둔 게 아니라 벽과 책장을 자연스럽게 일체화한 시공으로 답답한 느낌을 최소화했다. 1층 천장을 일부 개방해서 2층은 더 좁아졌지만, 공간감을 확보했다. 계단과 2층의 서가에서 아래층을 내려보면 묘한 안정감이 든다. 굳이 순위를 정하고 싶은 마음은 없지만, 산요도는 내가 둘러본 도쿄의 서점 중에서 가장 아름다운 서가를 가졌다.

1층과 2층 그리고 계단까지 서가로 꾸몄고, 3층은 갤러리로 운영하고 있다. 갤러리에서는 책과 관련된 일러스트레이션이나 사진 중심의 전시와 다양한 굿즈 판매까지 이루어진다고 하는데, 내가 갔을 때는 산요도의 흔적을 담은 오래전 사진과 자료를 전시하고 있었다.

3층 갤러리에 들어서니 비로소 오모테산도의 번잡함에서 벗어나 시간이 멈춘 듯한 공간에 발을 디딘 기분이 들었다. 이 갤러리에서 2010년 어머니로부터 서점 운영을 넘겨받아, 산요도의 5대째 주인이 된 만노 료萬納嶺와 잠시 이야기를 나눴다. 밝고 스스럼없이 사람을 대하는 편인 듯한 그는 젊고 꽤 잘 생겼다. 130년 역사를 가진 오래된 서점의 주인보다 스타일리시한 카페의 바리스타에 어울릴 법한 외모였다.

어린 시절부터 서점을 드나들며 자랐지만, 대를 이어 서점 주인이 된다는 생각은 하지 않았다고 한다. 하지만 자식이 집안의 가업을 잇는 일본 특유의 정서도 거스를 수 없었고, 어느 순간 나이만 든 이 서점을 멋지게 바꿔보고 싶은 욕심도 생겼다고 한다. 서점 주인이 된 그는 자신의 외모처럼 스타일리시한 서점으로 산요도를 변신시켰다.

우선 3층을 갤러리로 바꿨고, 4층을 작은 카페 겸 커뮤니티를 위한 공간으로 새롭게 꾸몄다. 눈에 보이는 것을 바꾸는 데 그치지 않았다. 판매하는 책의 구성비를 바꾸기 위해 노력했고, 갤러리의 멋진 전시도 기획했다.

정말 기특한 것은 산요도의 130년 역사를 다시 정리하면서 사람들이 오해하고 있는 현재 서점 건물의 건축 연도를 정정했다는 것이다. 많은 이가 산요도가 있는 이 건물의 나이가 130살 산요도의 역사와 같다고 생각했는데, 사실 서점 건물의 나이는 92살이었고, 이걸 홈페이지를 통해 정정했다고 한다. 나라건 서점이건 잘못 알려진 역사가 있다면 솔직하게 인정하고 바꾸는 게 인지상정이다. 왜곡된 역사를 모른 척하는 일본 정치인들은 이 작은 서점 주인의 용기를 배워야 한다.

가장 인상적인 이야기는 판매하는 책의 구성비를 바꿨다는 것이다. 서점 운영을 맡았을 당시 매거진 판매가 70% 정도였지만, 이 비중을 30%로

どりの がけの ふるい いえ
たなばたのよるの
このとちでは、むかしから
ふしぎな ことが おこる。
すきな たべもの
おしえて
ぐるぐる
あるものでサッと作る
おかずこそ、
食卓の主役なのです。

줄이고 일반 서적의 판매 비율을 70%로 늘렸다고 하는데, 이건 대단한 노력 끝에 얻은 상당한 성과다.

매달 나오는 매거진은 관성에 의해 구매하는 경우가 많아, 인기 많은 잡지를 선택해서 서가에 비치해 두기만 하면 고정적인 매출이 발생한다. 하지만 만노 료는 책을 통해 산요도의 정체성을 보여주기로 했고, 자신이 고민해 고른 책으로 산요도만의 색깔을 완성했다. 서점의 면적이 좁은 탓도 있지만, 가능한 한 만화와 베스트셀러, 실용서의 비중을 낮추고, 손님에게 추천하고 싶은 책 중심으로 컬렉션을 꾸렸다고 했다. 잘 팔리는 책을 가져다 놓은 게 아니라, 좋은 책을 준비해 두고 꾸준히 손님을 설득해 온 노력에 박수를 보내고 싶다.

갤러리의 기획력도 상당했다. 무라카미 하루키의 신간 〈도시와 그 불확실한 벽〉의 표지 일러스트를 담당한 다다 준タダジュン의 전시도 얼마 전에 열었다고 한다. 1층과 4층 카페에서는 다다 준의 일러스트를 사용한 에코백과 티셔츠도 판매하고 있었다.

만노 료가 계단이 좁아 불편하겠지만, 4층에도 가보지 않겠냐고 물었다. ―사양할 이유가 없지.―

4층은 매월 한 번 열리는 독서 모임을 위한 공간이자, 미니 카페와 산요도가 자체 개발한 굿즈를 전시하는 공간으로 사용한다. 독서 모임을 시작한 게 2019년이라는데, 오래전부터 많은 서점이 비슷한 커뮤니티를 운영한

것에 비하면 상당히 늦은 출발인 셈이다. 하지만 모임은 사람 간의 유대도 깊고, 꽤 재미있게 운영되고 있는 것 같다. 시작은 책 이야기지만, 어느새 책의 내용에 빗대 자신의 마음을 털어놓는 자리로 변신한다고 한다. 토론 시간은 한 시간 반 정도지만, 그대로 헤어지는 경우는 드물고 근처 이자카야로 자리를 옮겨 늦은 시간까지 술과 함께 대화가 이어진다고 했다.

서점 주인과 이야기를 나누는 동안 작은 행운을 경험했다. 마스크에 가려졌지만, 미모가 상당해 보이는 이가 3층에 올라왔는데, 아쿠타가와상을 수상한 작가라며 소개해 줬다. 인사를 나누며 본인을 아사부키 마리코라고 하는데 들어본 기억이 없다. 하지만 무려 아쿠타카와상[3]을 받았다니 대단한 작가임이 틀림없을 거다.

한국에 돌아와서 아사부키 마리코朝吹真理子에 대해 알아봤는데 2009년 데뷔와 동시에 센세이션을 일으킨 작가였다. 데뷔 이듬해 〈유적流跡〉이라는 작품으로 최연소 분카무라 뒤마고문학상[4]을 수상했고, 다시 이듬해 〈키코토와きことわ〉로 아쿠타카와상을 받았다. 분카무라 뒤마고 문학상에 대해 검색했더니, 요시모토 바나나[5]가 데뷔 16년만인 2000년에 〈불륜과 남미〉라는 작품으로 이 상을 받았다고 나왔다. 요시모토 바나나보다 이른 나이에 상을 받았다고 그녀가 더 대단하다 할 수 없지만, 무시할 수 없는 문학적 성과를 쌓은 것은 틀림없다.

4층에 전시된 산요도의 오리지널 굿즈에 관심을 보이자, 머그컵의 일러스트를 보여주며 와다 마코토和田誠가 그린 것이라고 했다. 살짝 자랑스러

---

3 출판사 문예춘추文藝春秋가 아쿠타가와 류노스케芥川龍之介, 1892~1927의 업적을 기리기 위해 이름을 따서 1935년에 창설한 순수문학상이다. 나오키상과 함께 일본 문학계 최고 권위를 갖는 상이다.

4 파리의 문학가와 지성인들의 만남 장소로 유명했던 카페 '레 뒤 마고Les Deux Magots'가 1933년에 제정한 문학상을 일본의 도큐그룹 복합문화시설인 도큐분카무라東急文化村가 계승해 1990년에 제정한 문학상이다.

5 요시모토 바나나吉本真秀子의 본명은 요시모토 마호코吉本真秀子로 바나나는 필명이다. 술술 읽히는 문장에 마음이 치유되는 소설로 일본 젊은 여성들에게 '바나나 현상'을 일으킬 정도로 큰 인기를 얻었다.

워하는 표정이 엿보였지만, 아사부키 마리코와 마찬가지로 처음 듣는 이름이다. 대단한 사람이냐고 물었는데, 무라카미 하루키 책의 표지와 삽화를 담당한 작가라고 했다. 이 사람도 한국에 돌아와서 검색했는데, 하루키의 〈포트레이트 인 재즈〉의 표지와 내지 일러스트를 담당했고, 본인 이름으로 낸 동화책이 한국어판으로도 출판된 작가였다. 하루키와의 인연도 남다른지 〈무라카미 하루키 잡문집〉에서도 이 사람의 이야기가 언급되어 있었다.

이 대단한 일러스트레이터가 산요도의 오리지널 굿즈를 위해 그림을 그려줬다니, 젊은 주인의 기획력과 추진력이 멋지다. 4층에서 와다 마코토의 머그컵을 하나 사고, 1층에서 아사부키 마리코의 책 두 권을 산 후 서점을 나왔다.

해의 방향이 바뀐 것인지, 산요도의 그림자가 제법 멀리까지 뻗어있었다. "너 몇 살이나 먹었냐?"처럼 아직도 나이가 벼슬이라고 생각하는 사람이 남아 있는 세상이지만, 이제 나이는 주장을 정당화시켜주는 치트키가 아니다. 산요도는 메이지신궁보다 먼저 생긴 서점으로 알려졌지만, 나이를 앞세우지 않고 다양한 시도로 새로운 변신을 거듭하고 있다.

이 서점의 가장 큰 자산은 오래된 역사도, 현금으로 환산한 건물의 가치도 아닌 젊고 잘생긴 5대째 주인이다.

✳

산요도

Add. 도쿄도 미나토구 기타아오야마 3-5-22

Open. 11:00~19:00

Site. sanyodo-shoten.co.jp

새 책 판매 / 문구 잡화

기토코와きことわ
지은이 아사부키 마리코朝吹真理子
출판사 신초문고新潮文庫
2019년 발행
144쪽
105×150mm

유적流跡
지은이 아사부키 마리코朝吹真理子
출판사 신초문고新潮文庫
2014년 발행
142쪽
105×150mm

아사부키 마리코 朝吹真理子 1984-

도쿄에서 태어나 게이오대학교에서 일본 문학을 공부했다. 2009년 문학 잡지 신초新潮를 통해 발표한 소설 〈유적流跡〉으로 2010년 분카무라 뒤마고 문학상을 받았고, 2011년 발표한 〈기코토와きことわ〉로 아쿠타가와상을 받았다. 이후 7년만인 2018년 소설 〈타임리스Timeless〉를 발표했다.

메이지진구 야구장

하루키의 야쿠르트 스왈로스 시집

아오야마에는 좋은 서점이 많다. 산요도의 위치가 오모테산도역 앞이지만, 행정구역상 주소는 아오야마다. 유명한 아오야마북센터[1] 본점이 있고, 서점 앞에서 찍은 사진 한 장으로도 충분히 만족을 주는 예쁜 서점 토비치[2]는 책에 더해 귀여운 문구까지 없는 게 거의 없다. 오모테산도역에서 멀지 않은 곳에 있는 북카페 레이니데이[3]는 비가 부슬부슬 내리는 가을 오후에 들러서 책과 함께 커피 한 모금 마시기 좋다.

이 서점들을 둘러보기로 계획을 세웠지만, 문득 아오야마에서 멀지 않은 곳에 있는 낡고 오래된 야구장이 생각났다. 무라카미 하루키가 사랑하는 프로야구팀 야쿠르트 스왈로스의 홈구장 메이지진구야구장이다.

젊은 시절의 하루키는 이 경기장 1루 관중석에서 야구 경기를 보는 중

---

1 아오야마북센터青山ブックセンター는 일본 내 7개 지점을 둔 대형 체인점으로 흔히 'ABC'라 부른다. 아오야마북센터 본점 : aoyamabc.jp

2 토비치飛地는 다이어리로 유명한 호보니치사의 브랜드 편집숍 겸 서점으로 교토와 도쿄 두 곳에 지점이 있다. 토비치 : www.1101.com/tobichi/tokyo

3 레이니데이Rainy Day : www.switch-pub.co.jp/rainyday

에 작가가 되겠다는 결심을 했다는데, 흥미로운 일이다. 소란한 야구장에서 무언가를 생각하고, 결심할 수 있다니. 또 일본에서 가장 인기 없고, 거의 매번 패하는 팀 야쿠르트 스왈로스에 빠진 하루키의 심리도 궁금했다. 하루쯤 서점 보기를 건너뛰고 45년 전 무라카미 하루키가 앉았던 자리에서 그의 야쿠르트 스왈로스를 만나보기로 했다.

아오야마의 아름다운 골목길을 지나 메이지진구야구장까지 어슬렁어슬렁 산책하는 마음으로 걸었다. 누군가 내게 도쿄에서 살고 싶은 지역을 고르라고 한다면, 아오야마와 지유가오카를 말하고 싶다. 물어볼 사람도 없고, 고른다고 내가 그 동네서 살 일도 없겠지만 상상만으로도 즐거운 동네다. 빠른 길을 선택하고 바지런히 걷는다면 20분이 채 안 걸리는 거리지만, 동네 구경도 하고, 구마 겐고가 설계한 2020년 도쿄올림픽 메인 스타디움의 모습도 궁금해서 그쪽으로 돌아갔더니 한 시간 넘게 걸렸다.

1964년 도쿄올림픽을 위해 만든 기존 경기장을 헐고 새로 지은 2020년 도쿄올림픽 메인 스타디움의 정식 명칭은 도쿄국립경기장인데, 최초 설계는 서울의 동대문디자인플라자를 설계한 이라크의 건축가 자하 하디드가 맡았다. 동대문디자인플라자의 형상에서 볼 수 있듯이 자하 하디드는 정형화된 형태를 거부하고, 파격적 제안을 하는 것으로 유명하다. 설계도 시공도 세계적 수준에 오른 일본 건축계가 자하 하디드에게 설계를 부탁했다는 뉴스 기사를 보고 놀랍기도, 신기하기도 했지만, 이후 높은 건축비를 거론하며 뭔가 삐걱대다 자하 하디드의 제안을 포기하고 구마 겐고에게 다시 설계를 의뢰했다는 기사가 나왔다.

보편적 결과를 지향하는 일본인의 습성 때문인지 모르지만, 도쿄올림

픽 조직위원회는 자하 하디드의 파격을 받아들일 준비가 되지 않았던 모양이다.

구마 겐고는 일본이 자랑하는 세계적 건축가니, 그의 설계에 대한 기대도 컸지만 직접 본 경기장은 실망스러웠다. 못생긴 건 아니고 멋지긴 하지만 개성이 부족했다. 역시 일본은 파격을 지양하고 무난한 선택을 한 것이다. 다시 한번 이야기하지만, 2020년 도쿄올림픽은 일본이 더는 혁신적인 사고를 하는 나라가 아니라는 걸 보여주는 바로미터가 됐다.

하라주쿠역에서 내려, 역 뒤로 조금 걸어가면 오른쪽에 메이지신궁이, 왼쪽에 요요기공원이 있다. 이 공원 앞에 있는 국립요요기경기장은 1964년 도쿄올릭픽을 위해 단게 겐조의 설계를 바탕으로 만들었다. 60년 전의 이 건축물은 지금도 보는 사람을 흥분시키는데, 그때는 어땠을까?

2020년 도쿄올림픽은 1964년 도쿄올림픽에서 보여 준 파격적인 그래픽 디자인에 미치지 못했고, 구마 겐고는 단게 겐조가 연출한 국립요요기경기장의 혁신적 설계를 넘어서지 못했다. 모험을 즐기던 청년 일본이 현실 안주에 급급한 노년의 모습으로 변한 것 같아 안타까운 마음이 들었다.

도쿄국립경기장의 긴 그림자가 외야 출입구에 드리울 정도로 가까운 위치에 있는 메이지진구야구장으로 발길을 돌렸다.

한산한 야구장 외야석은 무언가를 생각하거나 아무것도 생각하지 않기에 딱 좋은 장소다. 외야의 넓은 시야가 한 점으로 모이는 포수석을 바라보고 있으면 모든 상념이 사라진다. 선수들은 열심히 치고 달리지만, 플레

이는 대부분 50미터쯤 떨어진 곳에서 이뤄진다. 외야까지 공이 오는 경우는 드무니 팔짱을 끼고 경기를 관조하기 안성맞춤이다. 하지만 하루키는 외야석이 아닌 1루 관중석에 앉아 소설을 쓰겠다는 결심을 했단다.

홈팀 관중의 차지인 1루 관중석은 어느 야구장이건 가장 붐비는 구역이다. 응원 관중이 가득한 곳에서 생각과 결심이 가능할까 싶었는데, '어!' 그게 가능할 수도 있겠다 싶었다. 원정팀인 한신 타이거스의 응원 관중이 모인 3루 관중석은 빼곡히 찼지만, 1루 관중석은 듬성듬성 빈 자리가 많았다.

하루키는 자신의 단편집 〈일인칭 단수〉에 실린 '야쿠르트 스왈로스 시집' 편에서 이곳은 홈팀 응원석보다 원정팀의 응원석이 먼저 차는 세계 유일의 경기장이라고 표현했다. 정말 그랬다. 이 한산한 관중석은 생각과 결심이 충분히 가능한 공간이 맞다.

그가 이 인기 없는 팀을 응원하게 된 계기가 궁금한데, '야쿠르트 스왈로스 시집'에 이런저런 이야기를 아주 재미있게 풀어놨다. 우선 자신의 집과 가까워서 이 경기장을 자주 찾다 자연스레 팬이 되었다고 했다.

단순한 이유 같지만, 일본 최고의 인기팀 요미우리 자이언츠의 홈 경기장도 여기서 그리 멀리 떨어져 있지 않다. 그러면 요미우리 자이언츠의 팬이 될 수도 있었지만 '사람이 지켜야 할 도리'를 언급하며 최고 인기 팀 요미우리 자이언츠에 대한 반감을 드러낸 게 재미있다.

매번 지는 야쿠르트 스왈로스의 경기를 보며 '어떻게 잘 지는가' 하는 데서 인생을 배운다고 했지만 그건 팬이 된 이후의 생각이 아닐까? 하루키

가 야쿠르트 스왈로스의 처참한 역대 순위표를 뒤져보고 팬이 됐다고 생각하지는 않는다.

오늘 경기의 상대 한신 타이거스는 하루키의 고향 고베를 연고로 하는 팀이다. 한신의 팬이 될 수도 있었지만, 열렬한 한신 팬이었던 하루키 아버지의 기분이 경기 결과에 따라 달라지는 것 때문에 눈치를 보던 기억이 자신을 열렬한 한신 팬으로 만들지 않았는지 모른다고 하루키는 말했다.

아무리 생각해도 별것 없는 사연인데, 중요한 건 고작해야 인기 없는 야구팀을 좋아한다는 걸 주제로 재밌게 이야기를 풀어나가는 무라카미 하루키의 글솜씨다. 같은 자리에서 같은 팀의 경기를 보고 있지만, 나는 왜 하루키처럼 멋진 상상을 만들어내지 못할까? ―비교할 걸 비교해라.―

무라카미 하루키뿐일까? 모든 글 쓰는 이들이 표현하는 상상은 경이롭

다. 내 주변에서도 늘 생기는 잡다한 상황을 그럴듯하게 꾸며 수만 가지 의미를 부여하기도 하고, 존재하지 않은 세상의 풍경을 머릿속에 각인시켜 주기도 한다.

이들의 멋진 이야기로 채워진 책이 가득한 서점을 며칠에 걸쳐 둘러봤고, 둘러볼 예정이다. 모국어가 아니라 원문을 자유롭게 읽지 못했지만, 작가의 삶, 작가의 책, 그 삶과 책을 사랑하는 이들의 이야기를 듣는 것만으로도 행복한 며칠이었다.

서점을 둘러보는 동안 읽고 싶은 책이 몇 권 더 생겼고, 작가 몇 명의 생애도 더 알아보고 싶어졌다. 한국에 돌아가서 책을 읽고 이들의 삶을 찾아보며, 나는 요 며칠처럼 달콤하고 행복한 시간을 가질 것이다.

같은 시간은 아니지만, 억지를 부려, 45년의 세월을 사이에 두고 대작

가가 있던 자리에 앉아 같은 공간을 공유하고 있다고 생각했다.

야구 경기도 이 시간도 황홀하다. 하루키의 야쿠르트 스왈로스 사랑이 야기가 담긴 문학동네의 〈일인칭 단수〉의 '야쿠르트 스왈로스 시집' 편 147 페이지의 '뭐가 어쨌건,'으로 시작하는 문장은 몇 번이고 읽어서 달달 외우고 싶을 만큼 아름답다.

내가 응원하는, 야쿠르트 스왈로스처럼 승리가 드문 한화 이글스의 경기를 보며 떠올리고 싶은 글이다. 저작권 때문에 그 멋진 표현을 여기에 실을 수 없지만, 야구를 좋아하는 이라면 누구라도 함께 읽고 싶다.

1루 관중석을 떠나 한신의 응원단이 있는 3루 쪽으로 갔다. 나와 하루키가 앉았던 자리에서 가장 많이 들은 건 위험하다는 뜻의 야바이やばーい와 한숨 섞인 탄식이었는데, 이곳은 응원의 트럼펫 소리와 구호로 가득하다. 한신 타이거스의 팬이 열정적인 건 알고 있었지만, 직접 경험하니 그 강렬함이 대단하다.

다시 1루 쪽으로 오는 동안 찬찬히 경기장을 둘러봤다. 어두운 동굴 같은 통로를 지나오는 동안 몇 번이나 반대편에서 오는 사람을 위해 걸음을 멈추고 비켜줬는지 모를 정도로 좁고 낡았다.

한신 타이거스의 홈구장 고시엔 야구장과 함께 생긴 지 100년이 되어가는 이 경기장은 건축학적으로 대단한 유산은 아니지만 100년의 이야기가 켜켜이 쌓인 곳이다. 바로 옆에 새로 지은 도쿄올림픽 경기장 때문에 더 작고 초라해 보이는 이 몰골이 마음에 들지 않았는지 도쿄도지사 고이케 유리코小池百合子가 이곳을 허물고 새 경기장을 만들려 한다는 기사를 읽었다. 많은 이가 이 계획에 반대하고 있지만 강행할 모양이다.

낡은 것은 무조건 허물고 번듯한 모양의 새것으로 채우고 싶어 하는 것은 한국의 정치인이나 일본의 정치인이나 마찬가지인가 보다. 마침 지금 서울시장도 이 경기장보다 1년 먼저 생긴 동대문야구장을 헐어버린 인물이다. 동대문야구장의 역사와 추억이 순식간에 사라져 버린 안타까운 일이 이곳에서는 일어나지 않길 바란다.

경기는 야쿠르트 스왈로스가 맥없이 지고 말았다. 하루키는 세 번 경기 하면, 두 번쯤 지는 게 야쿠르트 스왈로스의 경기력이라고 했다.

하루키처럼 지는 경기에서 '인생의 지혜'를 얻지는 못했지만, 그가 이 경기장에서 즐겼던 맥주 한 잔으로 나만의 경기를 마무리 짓기로 했다. 하루키가 여기서 맥주를 즐기던 시절 이 경기장의 맥주 판매원은 느릿느릿 돌아다니던 야위고 앳된 남자 아르바이트생이라고 했지만, 지금의 맥주 판매원은 머리에 꽃을 꽂고 무척 바쁘게 움직이는 여자 아르바이트생이다.

메이지진구야구장

Add. 도쿄도 신주쿠구 카스미가오카마치 3-1

Site. www.jingu-stadium.com

야쿠르트 스왈로스

Site. www.yakult-swallows.co.jp

기노쿠니야

거대한 책의 나라

츠타야가 있기 전에 기노쿠니야紀伊國屋가 있었다. 일본 서점을 이야기할 때 책의 제국 기노쿠니야를 언급하지 않을 수 없다. 기노쿠니야는 준쿠도, 산세이도와 함께 일본 대형 서점의 대명사이자, 출판 불황의 시기에 제대로 대응한 츠타야에 비해 변혁의 시대에 적응하지 못한 '그냥 서점'이지만, 종이책의 본질을 가장 잘 이해하고 그 가치를 존중하는 '진짜 서점'이기도 하다.

서점의 정체성을 이야기하면서 진짜와 가짜 운운하는 건 억지스러운 비약이겠지만, 츠타야는 서점임에도 불구하고, 책을 내세우기보다 컬처와 엔터테인먼트를 먼저 앞세운다. 츠타야가 제시하는 서점의 미래는 명확하고, 많은 서점이 츠타야의 운영 방식을 벤치마킹하고 있지만, 츠타야의 본질이 책이라고 말하기에는 무리가 있다. 일본 서점 중 매출액 1위이자 츠타야의 상징 같은 다이칸야마점은 서점으로서 멋진 곳이긴 하지만, 아무래도 '책도 있는' 복합 상업 시설로 보는 게 맞다.

2003년 츠타야 롯폰기점은 서점에 카페의 개념을 도입했다. 서점에서 음료와 식사를 즐길 수 있는 북카페 방식을 처음 시도한 것이다. 이후 일본 서점의 엔터테인먼트화는 츠타야 고유의 방식이 아니라 많은 서점이 추구하는 일반화된 운영 방식이 되었다.

츠타야 다이칸야마점에 이은 매출 2위 서점은 기노쿠니야 신주쿠점이다. 그 유명한 신주쿠 돈키호테에서 아주 가까운 곳에 있어, 10여 년 전까지는 도쿄에 갈 일이 있으면 빼놓지 않고 찾던 서점이다. 오랜만에 기노쿠니야를 찾으며, 이곳도 츠타야만큼은 아니라도 매출 2위라는 위상에 걸맞게 새로운 운영 방식으로 많이 변신했으리라 상상했지만, 우직하리만큼 그대로였다. 책 외에 다른 장치라고는 없는, 오로지 책만 있는, 책으로만 고객을 대하는 말 그대로의 서점이었다.

무라카미 하루키가 2016년 자신의 이야기를 주제로 삼은 에세이집 〈직업으로서의 소설가〉를 출판했을 때의 이야기다. 출판사 신쵸분코新潮文庫는 이 책의 1차 판매분으로 10만 부를 제작했는데, 그중 90%인 9만 부를 매절買切이라는 구매방식으로 기노쿠니야가 사들였다. 매절은 출판한 책을 반품 없는 조건으로 구매하는 것을 말한다. 서점은 출판사에 주문한 책이 팔리지 않는 경우 그 책을 반품할 권리를 갖고 있는데, 매절은 반품이 안 되기 때문

에 책이 팔리지 않는다면 서점은 재정적으로 손해를 안게 된다. 판매 예측이 맞아떨어지면 독점 판매에 가까운 효과를 누릴 수 있지만, 반대의 경우 큰 낭패를 보는 모험이다.

그때 기노쿠니야의 모험은 대성공을 거뒀다. 〈직업으로서의 소설가〉 판매 첫날, 기노쿠니야 앞에는 이 책을 구매하려는 사람들이 만든 긴 대기 줄이 생겼다. 좋은 책을 고르고, 그 책의 판매 수량을 정확히 예측하고 발 빠르게 계약을 맺어 다른 서점보다 먼저, 더 많이 공급하는 것. 이게 서점 운영의 본질이다. 기노쿠니야는 본질에 충실한 진짜 서점이 맞는 셈이다.

신주쿠의 소란스러운 분위기를 뚫고 기노쿠니야에 들어서는 순간 묘한 정적이 흐른다. 한산하다는 의미가 아니라 서점 특유의 차분한 분위기를 말하는 것이다.

2층 이벤트홀에서 오자와 다다미라는 사진가의 사인회가 진행되고 있었다. 그라비아 사진을 주로 찍는 작가인지, 이벤트홀에 전시된 그의 사진집과 사인을 받기 위해 줄 선 사람들이 들고 있는 책의 표지 모델이 모두 수영복이나 란제리 차림의 여성이었다.

줄을 선 이들이 모두 남성인 건 당연하지만, 나이가 제법 든 듯한 이가

꽤 많이 섞여 있다. 취향에 나이를 들먹이는 게 우스운 일이지만, 아무래도 내 기준에 이런 모습은 조금 낯설다. 휴대폰을 이용해 검색해 보니 이 작가는 〈모모코momoco〉라는 1980년대 아이돌 잡지의 포토디렉터로 유명했다.

어린 시절 이 사람이 찍은 아이돌 사진을 잡지에서 오려내 방 한쪽 벽에 붙여놓던 10대 소년이 머리 희끗희끗한 중년이 되어 그의 사인회를 찾은 것이다. 누구에게나 우상은 있고, 추억도 있는 법이다. "이 나이에…."라는 혼잣말을 되뇌며 집이나 지키고 있느니, 책장을 뒤져 먼지 쌓인 오래전 잡지를 꺼내, 한때 가슴을 설레게 한 사진가를 찾아 나선 노년의 용기가 멋지다.

츠타야의 조명이 조금 어둡고 붉은 편이라면, 기노쿠니야는 형광등 불빛이 연상될 정도로 밝고 경쾌하다. 원하는 책을 골라 몇 페이지 읽어보기에 아주 편한 정도다. 서가도 깔끔하게 정리되어 있고, 사인 시스템도 세련됐다. 복잡한 츠타야의 여러 장치와 비교해 단순하게 정리된 기노쿠니야를 설명할 수 있는 단어로 '미니멀'을 꼽아도 큰 무리는 없을 것 같다. 목적이 오직 책이라면 기노쿠니야, 이런저런 구경으로 시간을 보내면서 책도 한 권 살 계획으로 집을 나선다면 츠타야다.

이벤트홀이 있는 2층은 신간과 베스트셀러 중심으로 꾸려진 기노쿠니야의 메인 공간쯤 된다. 이곳에서 자랑스러운 한국의 책 〈아몬드〉를 만났다. 상당히 좋은 위치에 'BTS 추천 도서'라는 홍보 문구와 함께 무려 세 칸의 책장을 차지하고 있다. 만약 교보문고에서 이 정도 대접을 받으려면, 대한민국 사람이 다 아는 베스트셀러 정도는 돼야 한다. 그러니까 〈아몬드〉가 기노쿠니야에서 이런 대접을 받는다는 건 일본에서도 반응이 상당하는 뜻이다.

〈아몬드〉 표지에는 일본 서점 대상 번역서 부문 1위라는 타이틀이 크게 붙어 있다. 일본 서점대상은 일반 문학상과 다르게 서점 관계자들의 투표로 선정된다. 서점 직원이 서점을 방문하는 이에게 가장 추천하고 싶은 책에 투표하는 방식이라 나오키상이나 아쿠타가와상 등 전통적 의미의 문

서점에 들어서는 순간 신주쿠의 소란스러움과 완벽하게 차단되는
마법 같은 공간인 기노쿠니야는 책을 보기에 가장 완벽한 구조이다.
오로지 책을 고르고 사는 일에 목적을 둔다면 츠타야보다 기노쿠니야다.

학상에 비해 흥행성이 더 높은 상이라고 할 수 있다. 외국어 부문 1위라니 별 의미가 없다고 생각할 수도 있지만, 세계적인 출판 대국 일본에서 한 해에 번역되어 출판되는 외국 문학 작품의 수를 생각한다면 대단한 성과다. 아카데미상이나 골든글로브에서 외국어 영화상을 받은 정도라고 하면 어떨까?

한국 문학이 일본에서 많은 관심을 받기 시작한 건 〈82년생 김지영〉이 출판되면서인데, 여성이 받는 사회적 차별에 대한 문제의식이 부족한 일본 사회에서 쉽게 접하기 어려운 콘텐츠로 20만 부 이상이 판매됐다는 게 흥미롭다.

비록 읽을 수는 없지만, 일본에 한국 문학의 우수성을 알리고, 두 나라에 깊은 문제의식을 던진 이 책에 감사와 응원의 마음을 담아 일본어판 〈82년생 김지영〉을 한 권 샀다. 그런데 도대체 표지 디자인이 왜 이 모양인지, 안타깝다.

아무래도 직업이 책을 디자인하는 일이다 보니 내용도 중요하지만, 책의 디자인에 관심을 두고 책을 사는 경우가 많다. 〈82년생 김지영〉은 책의 화제성에 끌리기도 했지만, 빼어난 표지 디자인에 끌려 구매했다. 명조체 계열의 폰트로 제목을 작게 처리하고 수묵화로 표현한 여성을 하단에 배치한 레이아웃이 무척 인상적이었고, 컬러 사용을 배제하고 검은색의 농도를

달리하는 방식으로 구성한 디자인이 담백했다. 표지에 작가의 메시지가 강하게 드러나지 않아 어찌 보면 설득력이 부족할 수 있다고 생각했지만, 이 디자인을 제안한 디자이너와 이를 받아들인 작가의 과감함에 감탄했다.

그에 비해 지쿠마쇼보筑摩書房에서 출판한 일본어판 〈82년생 김지영〉 표지는 책을 집어 드는 순간 실망스러운 마음부터 들었다. 구성은 단순하다. 여성의 얼굴을 그린 일러스트레이션을 표지에 가득 차게 배치했는데, 얼굴 부분은 빈 가지뿐인 나무 한 그루가 있는 황량한 풍경을 넣는 것으로 대신했다. 일러스트레이션을 사용한 표지가 생경한 것은 아니지만, 은유라는 건 전혀 없는 아니면 지나치게 은유적인 이 초현실주의적 화풍이 한국의 트렌드와 사뭇 달랐다.

표지를 디자인한 나쿠이 나오코名久井直子와 일러스트레이터 에노모토 마리코榎本マリコ는 훌륭한 이력을 가진 이들이다. 초현실주의적인 화풍으로 자신만의 캐릭터를 구축한 에노모토 마리코는 여러 차례 개인전을 가졌고, 많은 뮤지션의 CD 재킷과 다수의 책 디자인에 참여한 작가다. 나쿠이 나오코도 일본을 대표하는 북 디자이너이다.

이들의 프로필만 본다면 출판사는 책 〈82년생 김지영〉과 작가 조남주에게 최고의 예우를 갖춘 게 맞다. 하지만 이 대단한 일러스트레이터와 북 디자이너가 함께 만든 표지는 한국어판에 비해 그래픽적 요소가 부족하고,

오모테산도에서 신주쿠

지나치게 일차원적이다. 〈82년생 김지영〉만 그런 것도 아니고, 도쿄에서 서점을 둘러보며 경험한 일본 북 디자인이 한국에 비해 낫다는 느낌을 받을 수 없었다. 메이지진구야구장에서 무라카미 하루키를 떠올리며 야구 경기 본 걸 기념해서 그의 책 〈일인칭 단수〉 일본어판도 함께 구매했는데, 이 책도 한국어판의 디자인이 더 훌륭했다. 일본 작가의 한국어판, 한국 작가의 일본어판 디자인을 비교하면서 묘한 감정이 들었다.

한국에 돌아와 〈82년생 김지영〉 일본어판의 표지 디자이너와 일러스트레이터의 정보를 찾았는데, 의외로 쉽게 찾았다. 출판사 지쿠마쇼보 홈페이지에 책 소개와 함께 이들의 정보와 메시지도 같이 실려있었기 때문이다.

한국어판 표지 일러스트레이션을 담당한 작가의 정보는 표지 뒷면에 표기되어 있지만, 이름과 작품명으로 작가의 이력을 파악하는 데 많은 시간이 걸렸다. 어깨가 축 처진 채 힘없이 서 있는 여성과 어두운 그림자가 길게 드리워진 일러스트는 서니니 작가가 2006년 아크릴과 연필로 종이에 그린 〈그녀〉라는 제목의 작품이다.

표지 디자이너의 정보 역시 표지 안쪽에 표기하는 게 맞지만, 일러스트에 대한 정보만 있을 뿐이다. 책을 낸 출판사 디자인팀에서 디자인해 그런 모양인데, 이렇게 멋진 표지를 만든 디자이너의 이름 석 자 정도는 표기해 주는 게 맞지 않을까?

✳

기노쿠니야

Add. 도쿄도 신주쿠구 신주쿠 3-17-7 기노쿠니야빌딩 1~8층

Open. 10:30~21:00

Site. store.kinokuniya.co.jp/store/shinjuku-main-store

새 책 판매 / 문구 잡화

82년생 김지영

82年生まれ、キム・ジヨン

출판사 지쿠마쇼보筑摩書房

일러스트 에노모토 마리코榎本マリコ

디자인 나쿠이 나오코名久井直子

2018년 발행

192쪽

105×150mm

나쿠이 나오코 名久井直子 1976-

무사시노미술대학武蔵野美術大学에서 시각디자인을 공부했다. 일본을 대표하는 북 디자이너로 쇼가쿠칸, 슈에이샤, 고단샤를 비롯한 여러 출판사와 함께 매년 100여 권의 북 디자인 프로젝트를 진행하고 있다. 그녀는 여러 매체와의 인터뷰에서 한국에서도 출판된 이사카 고타로伊坂幸太郎의 〈거꾸로 소크라테스〉, 〈하울의 움직이는 성〉의 주제가를 작사한 일본의 국민 시인 다니카와 슌타로谷川俊太郎의 시집 〈나와 당신あたしとあなた〉과 함께 〈82년생 김지영〉을 자신의 대표적 디자인 프로젝트로 꼽았다.

에노모토 마리코 榎本マリコ 1982-

패션 디자인을 전공했지만, 독학으로 그림을 그리기 시작해 미술 작가가 되었다. 〈82년생 김지영〉의 표지 일러스트와 같이 여성의 얼굴을 식물이나, 동물 등으로 대체하는 초현실적인 표현으로 자신만의 화풍을 완성했다. 2017년에는 뉴욕의 Ashok Jain Gallery 갤러리에서 개인전을 열었고, 자신의 캐릭터를 활용해 책 표지, CD 재킷과 연극 등 다양한 분야의 아트워크를 담당하고 있다.
그녀 역시 디자이너 나쿠이 나오코와 마찬가지로 〈82년생 김지영〉의 표지 그림을 북 디자인 프로젝트의 대표작으로 꼽는다.

북오프

책을 위한 중고나라, 오타쿠를 위한 당근마켓

일본 내 800여 개의 매장과 13개의 해외매장, 자산규모 4천억 원, 직원 수 1,400여 명인 기업이 있다. 길을 걷다 쉽게 만날 수 있는 던킨도너츠는 한국에 613개 매장이 있고, 발에 차인다는 표현이 맞을 듯한 스타벅스 매장 수는 1,773개이니, 800개의 매장이 있다는 건 어느 곳이나 있고 사람들의 일상에도 제법 깊게 파고들었다는 얘기다.
이 800개의 매장에서 파는 주요 품목 중 하나는 커피도 도넛도 아닌 중고 책이다. 누군가 읽고 내놓은 헌책을 사고파는 매장이 800개란다. 이 기업의 매출은 9,300억 원, 영업이익은 190억 원이다. 물론 다양한 중고 물품 거래가 함께 이뤄지지만, 모체가 책인 건 분명하다. 무슨 재주로 중고 책을 팔아 이만큼 성과를 낼 수 있는지 궁금하다.
일본인의 중고 책 사랑이 대단한 건지 이 기업의 경영이 남다른 건지 모르지만, 쉽지 않은 성과를 낸 건 분명하다.
아, 이 기업은 일본에 다녀온 사람이면, 누구든 어딘가에서 한 번은 봤음 직한 북오프BOOK·OFF다.
북오프는 2006년에 한국에도 진출했었다. 내가 다니던 회사와 가까운 서울역 앞에 매장이 있어 몇 번 들렀는데, 단조로운 서가 구성에 조명까지 밝아 마트 같은 분위기였다. 좋게 말하면 낯설었고, 느낀 그대로 감정을 표현하자면 그저 그랬다.
웃긴 건 매장의 책 대부분이 일본 책이었다는 것이다.
한국에서 일본 책이라니, 도대체 무슨 자신감이었는지
궁금했다. 결국 2014년 한국 시장에서 철수했는데,
알라딘의 나라 한국에서 8년이면 제법 오래 버텼다는
생각이다. — 중고 책은 역시 알라딘이지.—
기노쿠니야에서 가까운 곳에 있는 북오프 신주쿠점은
3개 층을 사용하는데, 북오프 매장 규모 기준을 적용하면
중형서점으로 분류된다. 이 정도 규모가 중형이면 대형은
어느 정도일까?
나고야에 있는 북오프 슈퍼 바자르BOOK·OFF SUPER BAZAAR는
축구장 절반을 훌쩍 넘는 면적이라고 한다. 물론 책으로
이 거대한 공간을 모두 채울 수는 없다. 슈퍼 바자르는
책을 포함해 온갖 중고 물품이 모여 있는, 대형 마켓
시스템으로 운영되는 매장을 말한다.
북오프는 슈퍼 바자르처럼 책과 다양한 중고 물품을 함께
사고, 팔 수 있는 매장과 책을 중심으로 DVD, 피규어,
게임기 등을 판매하는 매장으로 나뉘는데, 북오프
신주쿠점은 후자에 속한다.

북오프 신주쿠점의 서가는 가볍게 읽을 수 있는
문고판부터 귀한 리미티드 에디션까지 다양한 책으로
구성되어 있다. 가격은 책의 상태에 따라 천차만별이지만
대부분 저렴한 편이고, 몇 번의 판매 단계를 거치는 동안
주인을 찾지 못한 책은 십엔 짜리 동전 몇 개로도 살 수
있다.
다양한 책이 있다지만, 북오프에서 가장 거래가 활발한
책은 만화책이다. 소장 목적이 아니라면 만화책은 싸게
사서 읽고 다시 북오프에 되파는 게 합리적일 수 있다.
문제는 싸게 살 수 있는 만큼 팔 때 받는 돈도 적다는 건데,
보통 한 권에 30엔 정도 받는다. 100권을 가져가도 손에 쥘
수 있는 돈은 3,000엔 남짓이다.
피규어가 가득한 공간에 들어서면 좋은 가격 때문인지,
가슴속에 나도 모르는 오타쿠 감성이 숨어 있던 건지,
곳곳에서 탐나는 아이템이 눈에 들어온다. DVD 코너
입구에는 무려 비닐도 뜯지 않은 LP가 가득하다.
LP가 뭐냐고 묻는 사람이 있을 수 있는데, 굳이 알 필요
없고 "오디오나 전축이 뭔지 알아?"로 시작하는 설명을
하기도 피곤하다. 그냥 오래되고 쓸모없는 물건이고,
북오프는 책뿐 아니라 온갖 것이 가득한 공간이라는 증거
정도로 받아들이면 된다.
이 다양한 구성에 정신이 팔려 3개 층을 두 번
오르내리면서 구경했고, 결국 피규어 몇 개를 배낭에
넣고야 말았다.

매장을 나오며 만약 북오프가 한국에서 철수하지
않고, 계속 영업해서 이렇게 재미있는 매장을 꾸몄다면
어땠을까? 하는 궁금증이 생겼다. 일본처럼 많은
이에게 사랑받았을까? 아마 힘들었을 것이다. 한국에는
중고나라와 당근마켓이 있으니까.
그러면 한국과 달리 일본은 오직 이 아날로그 시스템에
지배당하고 있는 것일까? 그렇지 않다, 일본의 중고거래
웹 사이트 메루카리[1]는 일본 최초의 유니콘 기업이고,
손정의 회장의 야후재팬이 운영하는 경매 웹 사이트
야후오쿠의 규모와 매출은 중고나라와 당근마켓을 합친
것보다 크다.
일본의 중고거래 시장은 온·오프라인을 아우르는
서비스가 존재해 많은 이에게 다양한 선택권을 제공하고
있다. 가끔 일본이 멋지다고 생각하는 이유 중 하나가
다양성인데, 이건 좀 부럽다.
아날로그의 비효율성을 이유로 그 흔적을 다 지운 한국과
다양성을 앞세워 두 개의 시스템이 공존하는 일본이 있다.
어느 것이 좋은지 나쁜지 결론 내릴 수 없지만, 일본이
한국처럼 완전한 디지털 세계를 지향할지 두 시스템의
공존을 선택할지 궁금하다.

1 메루카리メルカリ의 한국 공식 웹 사이트(https://merumeru.co.kr)에서는 제품 정보와 금액, 국제운송료 등을 한국어로 안내한다.

Space. 5

미타카에서
기치조지

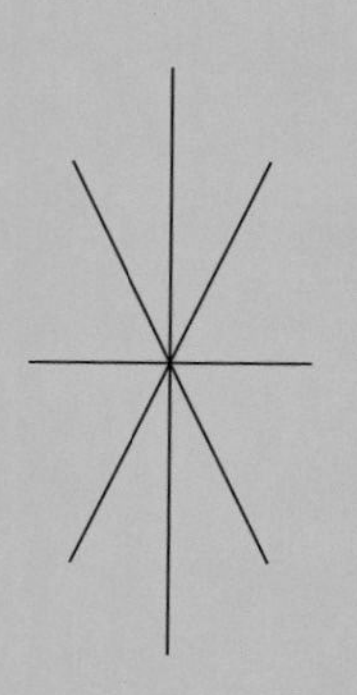

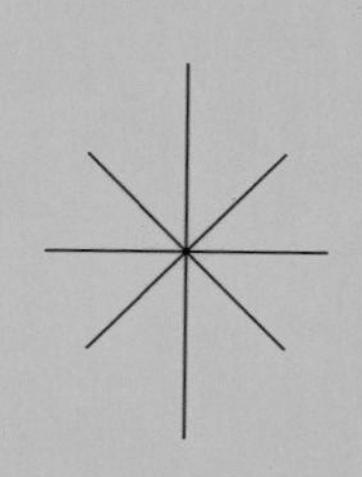

Mitaka

Kichijoji

포스포렛센스

이치니치와 하쿠넨

바사라북스

후루혼센터

논키

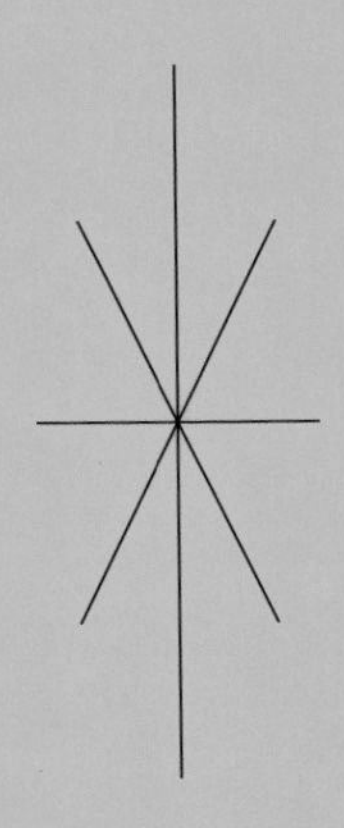

미타카역에서 바람의 산책로를 지나고,
조용한 주택가를 거쳐 기치조지역에 이르는 길은 무척 아름답다.
벚꽃이 피기 시작하는 계절이라면 끝을 정하지 않고 마냥 걷고 싶다.
미타카에는 다자이 오사무를 기억하고 사랑하는 사람들을 위한
북카페 포스포렛센스가 있다. 기치조지에는 이 동네 여성들의
마음을 훔친 귀여운 서점 이치니치와 하쿠넨이 있다.
모두 아름다운 이 동네에 어울리는 아름다운 서점들이다.

포스포렛센스

오직 다자이
오사무만을 위한 공간

그럴 수 있다고 생각한다.

우연히 본 영화 한 편이나 사진 한 장으로 인생이 바뀌거나, 스치듯 읽은 글 한 줄로 삶의 궤적이 변경되는 일 같은 것 말이다. 예를 들자면 사랑에 빠지는 것도 그런 건데, 상대의 데이터를 분석하고 미래 가치를 예상하는 따위의 과정을 거쳐, 이 사람과 관계를 형성해도 되겠다는 결론을 내리고 그걸 실행에 옮기는 인간이 얼마나 될까?

이게 가장 이성적인 방법일 수 있겠지만, "웃는 모습이 멋졌어"나 "가방에서 꺼내 준 손수건을 받아드는 순간, 반했어" 같은 사소한 이유로 마음이 요동치는 건 논리적 분석이 불가능한 행위다. 한순간, 이 시답지 않은 감정에 휘둘려 결혼도 하고, 아이도 갖고 때로는 헤어지기도 하는 식으로 인생이 바뀌는 것이다.

오십 후반 나이의 다바 미유키는 대학 시절 우연히 본 사진 한 장 때문에 인생의 방향이 바뀌었다. 이 여자가 살아온 그간의 삶을 찬찬히 톺아보면 '바뀌었다'는 표현은 지나치게 수동적이고, 사진 한 장으로 인생을 '바꿨다'는 능동적인 표현이 맞을 듯하다. 뭐, 어쨌거나 스무 살 이후 삼십몇 년간

다바 미유키의 삶은 고작 '사진 한 장'으로 새롭게 시작되었다.

1946년 가을, 긴자의 칵테일바 루팡Lupin에서 사진가 하야시 다다히코가 소설가 사카구치 안고坂口炳五의 프로필 사진을 찍고 있었다. 이때 옆에서 술을 마시고 있던 다자이 오사무[1]가 "이봐, 나도 하나 찍어줘"라는 부탁으로 탄생한 사진 한 장이 여대생 다바 미유키의 가슴을 설레게 한다.

1909년 태어나 1933년에 작가로 데뷔한 다자이 오사무가 도쿄 근교 미타카시三鷹市의 개울에서 애인 야마자키 도미에와 동반 자살로 삶을 마감한 게 1948년이니 그의 삶도, 작가로서의 활동 기간도 그야말로 '잠깐'이었던 셈이다. 그렇게 삶을 마감하기 전에도 몇 번이나 자살을 기도하며 피폐한 삶을 살았던 다자이 오사무지만 술집 루팡에서 그 사진을 찍은 1946년은 작가로서 가장 활발하게 활동을 하던 시기였고, 그래서인지 다바 미유키가 한눈에 홀딱 반할 만큼 사진 속 다자이 오사무는 무척 밝고 천진하다.

물론 다바 미유키가 그 사진을 통해 다자이 오사무를 처음 알게 된 건 아니다. 일본 문학계를 대표하는 작가이니 이름 정도는 들어봤고, 그의 대표작인 소설 〈인간 실격〉도 읽어 본 터였다. 그 사진이 얼마나 대단했는지 모르지만, 그때 그녀는 길 위의 구르는 낙엽 한 장에 반해도 이상할 게 없는 스무 살 여대생이었을 뿐이다. 그녀는 사진 한 장으로 자신의 가슴속에 불쑥 들어선 다자이 오사무를 샅샅이 파헤쳤고, 그의 문학 세계를 주제로 졸업논문까지 쓰며 평생의 팬이 되었다.

졸업 후 교토의 서점에서 근무하며, 다자이 오사무를 기억하고 추모하는 활동을 계속해 온 다바 미유키는 다자이 오사무에 대해 자신과 같은 마음을 가진 이들이 모인 커뮤니티를 통해 지금의 남편을 만났다. 이십몇 년

---

1 다자이 오사무太宰治의 본명은 쓰시마 슈지津島修治, 1909년 아오모리현에서 태어났다. 1933년 발표한 단편소설 〈열차〉를 시작으로 대표작 〈인간실격〉 외에 〈달려라 메로스〉, 〈쓰가루〉, 〈옛날 이야기〉, 〈사양〉 등을 발표했다.

---

2 포스포렛센스Phosphorescence 다자이 오사무가 1947년 발표한 단편 소설의 제목. 물체에 빛을 쬔 후 빛을 제거해도 장시간 빛을 내는 현상인 인광 또는 푸른 빛을 뜻하지만, 사람 뼈에서 나오는 빛을 의미하기도 한다.

전, 우리로 치자면 천리안 같은 PC 통신을 통해 온라인으로 소통하던 남편과 처음 만나 서로의 얼굴을 확인하기로 약속한 장소도 미타카에 있는 다자이 오사무의 무덤 앞이다.

그 무덤은 그녀가 매년 다자이 오사무의 기일이 되면 하얀 꽃 몇 송이를 들고 찾던 곳이었고, 그녀뿐 아니라 그를 사랑하는 많은 이가 같은 날, 같은 장소에 매년 모였으니, 두 사람의 만남은 처음이 아니고, 언젠가 불식간에 어깨를 스쳤을 인연일 수 있다.

둘은 결혼했고, 교토에 살며 매년 기일마다 함께 찾던 다자이 오사무의 무덤이 있는 미타카에 북카페를 차리기로 뜻을 모은다. 젊은 시절 뉴욕 여행 중 들른 북카페의 분위기에 매료됐던 다바 미유키는 언젠가 자신만의 북카페를 만들고 싶다는 꿈을 간직하고 살았다.

그 북카페가 다자이 오사무를 좋아하는 사람들이 모여 교류할 수 있는 공간의 역할도 할 수 있다면 더할 나위 없겠다고 생각했고, 그렇게 다자이 오사무를 사랑하는 마음과 젊은 시절의 꿈이 합쳐져 미타카에 다바 미유키의 북카페 포스포렛센스[2]가 만들어졌다.

미타카역에서 출발해 조용한 주택가를 20여 분 정도 걸어 다바 미유키의 북카페 포스포렛센스에 도착했다. 조심스럽게 문을 열었지만 문 여는 소리조차 크게 들릴 정도로 실내는 조용하다. 안으로 들어서자 좁은 공간에 다자이 오사무의 책과 사진 그리고 소박한 굿즈가 가득하다. 북카페라기보다 어느 문필가의 서재 같은 분위기다. 다자이 오사무가 글을 쓰던 방이 이랬을까?

열 평 남짓한 면적에 서가와 작은 테이블 두 개, 주인이 앉아 있는 카운터까지, 도무지 움직임이 마땅치 않다. 서가로 들어가면 몸을 돌리기도 힘들어 계속 돌아 원래 자리로 와야 할 판이다. 결국, 좁은 실내를 한 바퀴 돌아 입구의 테이블 석에 앉았다. 20여 분의 걸음으로도 몸에 땀이 가득해 주인과 눈인사를 한 후 차가운 커피를 한 잔 주문했다. 사전에 얻은 정보에 의하면 다자이 오사무의 실루엣으로 데커레이션한 카페라테를 마셔야 했지만, 더위를 식히는 게 먼저다.

음악도 어떤 소리도 없이 커피 물 내리는 소리만 조용히 들린다. 자리에서 찬찬히 실내를 둘러보았다. 오래된 책들과 커피 내리는 소리, 은은하게 전해오는 커피 향까지. 시간이 멈춘 공간에 있는 듯한 기분이 들었다. 찬 커피의 각성효과가 멈춘 시간을 다시 가게 할까 싶어 주인에게 받아 든 커피를 앞에 두고 한참을 멍하니 있었다.

나를 깨운 건 괘종시계가 세 번 울렸을 때였다. 시계의 괘종소리가 아니라면 이곳에서는 주인의 시간도 멈춰있을 것 같다.

커피잔을 사이에 두고 그녀가 있는 카운터와 내가 앉아 있는 테이블은 팔을 두 번 펼친 정도의 거리다. 조용한 공간에 단둘이 있으니, 짧은 일본어 실력이지만 뭐라도 대화는 있어야 했다. 사진 한 장으로 다자이 오사무에게 반한 이야기, 그에 관한 공부를 거듭해 그를 더욱 사랑하게 됐고, 다자이 오사무를 사랑하는 남편과 결혼한 사연이 이어졌다.

일본에서 다자이 오사무의 인기는 대단하다. 2000년 아사히신문이 진행한 '지난 천 년간 일본 최고의 문인은 누구인가?'라고 묻는 설문 조사에서 다자이 오사무가 7위였다. 1위는 부동의 일본 국민작가 나쓰메 소세키이고, 진짜 천 년 전 인물 무라사키 시키부와 에도 시대 인물 마쓰오 바쇼를 제외하면 근대문학 작가로서는 5위다. 노벨문학상을 받은 가와바타 야스나리와 오에 겐자부로보다 높은 순위이고, 무라카미 하루키는 12위였다.

이 정도로 다자이 오사무가 대단한 작가인 건 맞지만, 그에 대한 사랑은 과한 게 아닐까 싶을 정도로 맹목적이었다. 그런데 뭐 어쩌라고, 사랑에 빠지는 건 논리적 분석이 불가능한 행위라니까. 그리고 그녀가 선택한 그녀의 인생이다. 조용히 그 열정을 응원해주면 그만이다.

내가 머무는 내내 이곳에 들른 사람은 한 명도 없었다. 장사가 되는지 궁금했다. 찾는 이들은 많은지, 운영은 어떻게 하는지 물었다. 근래에 다시 불기 시작한 다자이 오사무의 인기 때문인지 젊은이들도 종종 찾는다고 했다. 아닌 게 아니라 출입문 옆에 놓인 방명록에는 젊은이들이 쓴 글이 제법 많았다.

하지만 카페에서 이루어지는 책과 음료 판매만으로는 운영이 힘들어서 아르바이트를 병행한다고 했다. 버거운 카페 운영 얘기가 나오자 잠시 어색한 침묵이 흘렀지만, 이내 밝은 표정으로 한국에서 방영된 드라마 〈인간 실격〉에 대해 말을 꺼냈다. 다자이 오사무의 작품을 모티프로 만든 드라마가 만들어져서 너무 반가웠고, 이를 계기로 한국에서도 다자이 오사무를 좋아하는 사람이 많아져 기쁘다고 했다.

사실 드라마 얘기는 이곳에서 처음 들었는지라, 잠시 휴대폰으로 검색을 해봤다. 드라마가 인기 있었는지 모르지만, 드라마가 방영된 2022년에 꽤 많은 〈인간 실격〉이 여러 출판사를 통해 신간으로 등록되어 있었다. 등록한 책 수가 많은 것에 더해, 민음사에서 출판한 〈인간 실격〉 판매순위가 예스24 기준 184위인 것도 놀라웠다. 하루에 200여 종 가까운 신간이 나오는 한국 출판시장에서 일본 근대 문학 작품이 그 정도 순위에 있다는 것은 대단한 일이다.

그녀는 다자이 오사무의 열렬한 팬답게, 여러 나라에서 번역되는 다자이 오사무의 책에도 관심을 보였다. 특히 한국의 민음사에서 낸 〈인간 실격〉의 표지에 에곤 실레Egon Schiele의 그림을 사용한 걸 알고 무척 기뻤다고 했다. 책 표지에 쓰인 그림은 에곤 실레가 자신의 불안정한 심리를 묘사한 〈꽈리 열매가 있는 자화상〉인데, 그 그림이 〈인간 실격〉에 대한 자신의 해석과 비슷하다며 감탄사를 연발했다.

그녀의 서점 운영기를 다룬 책이 있어 그 책을 구매하며, 한국으로 돌아가면 민음사의 〈인간 실격〉을 한 권 보내주겠노라 약속했다. 연신 고맙다며 내가 산 책값을 받지 않겠다고 하는 통에 계산에 애를 먹었다. 방명록에 몇 자 적을까 했는데, 서점 주인과 나눈 이야기가 재미있어 깜빡했다. 내가

보내준 책이 이곳에 다녀간 나의 흔적으로 남는다면 좋겠다.

그녀와 이야기를 마치고 북카페를 나왔지만, 바로 떠나지 않고 서점 유리창 앞에서 잠시 머물렀다.

매년 벚꽃이 피는 계절이 돌아오면 다바 미유키는
자신의 젊은 시절을 설레게 한 하야시 다다히코가 찍은
다자이 오사무 사진을 창가에 걸어둔다고 한다.
그도 벚꽃을 보고 싶어 할 것으로 생각해서 그와 함께
벚꽃을 보고 싶어 하는 마음으로….

다바 미유키의 북카페 이름 포스포렛센스는 다자이 오사무가 1947년 발표한 단편소설의 제목이다. 꿈과 현실, 의식과 무의식의 세계를 오가며 인간의 심리 세계를 탁월하게 해석한 환상적이면서 아름다운 작품이다. 자는 동안 꿈을 꾸고 매일 그 꿈속에서 자라고 나이 들어가는 또 다른 세계의 자아가 있다는 이야기 구조는 다자이 오사무의 내면을 이야기함과 동시에 그와 함께 가상의 세계와 현실을 오가며 살아가는 이 카페의 주인 다바 미유키의 삶을 이야기하는 것 같다.

현실에 존재할 수도, 존재하지 않을 수도 있는 소설 속 상상의 꽃 포스포렛센스처럼 꿈 같은 삶이다, 다바 미유키의 삶은.

포스포렛센스

Add. 도쿄도 미타카시 가미렌자쿠 8-4-1 로마네스크빌딩 1층

Open. 13:00~19:00 | 정기휴무 화·수요일

Site. dazaibookcafe.com

북카페 / 중고 책 판매

다자이 오사무와 북카페 포스포렛센스 이야기

太宰婚 古本カフェ・フォスフォレッセンスの開業物語

다자이 오사무를 위한 북카페 포스포렛센스의 주인 다바 미유키가 다자이 오사무에 대한 생각과 2002년 미타카에 문을 연 이 카페의 운영기를 담은 책.

출판사 퍼블릭 브레인パブリック・ブレイン
2019년 발행
176쪽
130×187mm

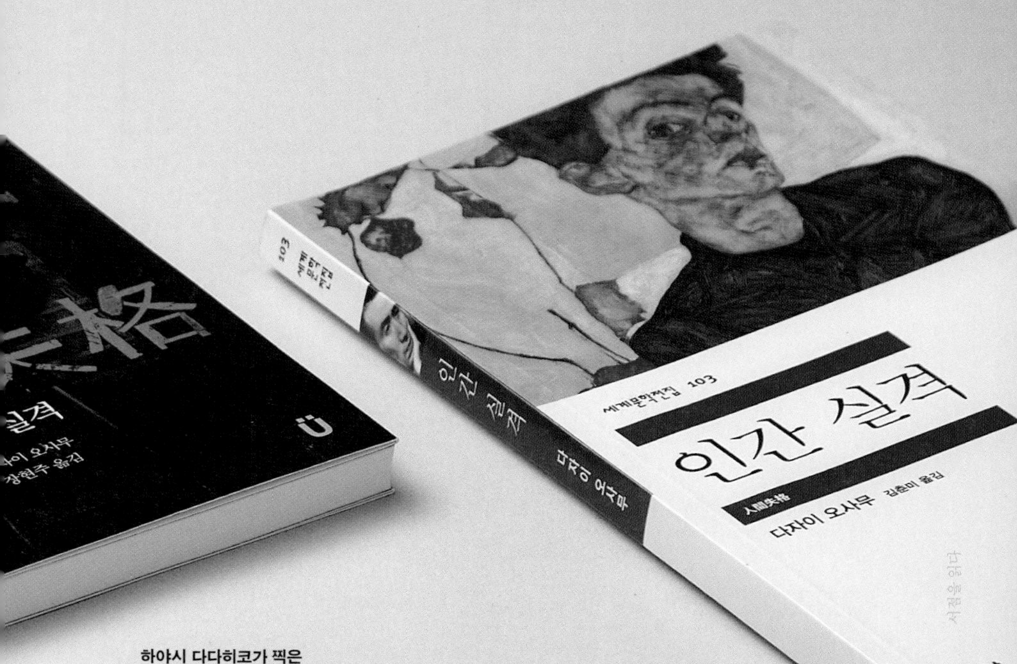

하야시 다다히코가 찍은
다자이 오사무 사진을
표지에 사용한 〈인간 실격〉
출판사 새움
옮긴이 장현주
2022년 발행
172쪽
127×196mm

에곤 실레의
〈꽈리열매가 있는 자화상〉을
표지에 사용한 〈인간 실격〉
출판사 민음사
옮긴이 김춘미
2004년 발행
191쪽
132×225mm

이치니치와 하쿠넨

기치조지 여성들의 마음을 훔친 서점

미타카역에서 기치조지역까지 거리가 멀지 않아 걸어보기로 했다. 두 역 간의 거리는 멀지 않았지만, 포스포렛센스에서 다자이 오사무의 무덤이 있는 사찰 젠린지禪林寺를 거쳐 그가 사망한 장소가 있는 바람의 산책로까지 걸은 것은 계산에 넣지 않았다. 걷기로 한 결정을 후회하기까지 그리 오랜 시간이 걸리지 않았다. 다만 기치조지역까지 걷는 동안 본 풍경은 아름다웠다. 이 동네는 일본인이 거주하고 싶어 하는 지역 중 하나라고 한다.

기치조지역을 오가는 전철 소리가 끊이지 않는 자리에 서점 이치니치一日가 있다. 구글맵을 들여다보며 서점을 찾았지만, 간판도 쇼윈도도 없이 열은 회색 철문 앞에 놓인 작은 입간판 하나가 이곳이 서점임을 알려주는 유일한 표시라 깜빡 지나칠 뻔했다.

바야흐로 SNS의 시대라 가능한 시도다. 100미터 밖에서도 보일법한 거창한 간판을 세워두고 지나는 사람들에게 "잠시라도 들러주세요"라고 호소하는 전통의 방식이 아니라 SNS를 통해 미리 정보를 알고 찾아오게 하는 방식인 것이다.

무거운 철문을 열고 서점에 들어섰다. 좁은 공간에 서가와 미니 갤러리까지 있지만 하얀 천장과 담백한 스튜디오 스타일 천장 조명 때문에 답답한 기분은 들지 않는다.

사방을 서가로 만들고 책을 꽂아도 부족할 만한 공간인데 의외로 여백이 많다. 책장을 두어야 할 벽면 하나를 비우고 내가 사랑하는 일러스트레이터 노리타케의 심플한 포스터 한 장을 달랑 붙여 두었다. 이렇게 확보한 여백으로 좁은 공간을 한층 여유로워 보이게 만드는 세련된 인테리어 감각이 느껴졌다. 이 서점의 주요 고객은 젊은 여성들이라고 하는데, 실제로 기치조지의 여성들이 관심을 가질법한 꾸밈새다.

멋진 인테리어 감각에 혹해서 이 서점의 주인은 무척 젊은 사람일 거로 생각했다. 카운터에 앉아 중고 책을 조심스럽게 정리하고 있는 젊은 친구에게 오너냐고 물었는데, 아르바이트생이라는 대답이 돌아왔다. 나중에 알았지만, 이 서점의 주인은 내 생각보다 나이가 많았다.

가뜩이나 좁은 공간에 여백까지 많아 책은 많지 않았고, 덕분에 서점 구경이 금방 끝났다. 한참을 걸어왔는데 바로 나가기 아쉬워 서점 주인으로 착각했던 아르바이트생에게 이것저것 물어보려 했는데 경계가 심했다. 서

WARHOL
memory holes

점을 대표하는 위치에 있는 것도 아니고, 낯선 방문객의 질문이 귀찮을 수도 있었지만, 뭐랄까 쉽게 곁을 두지 않는 일본 사람 특유의 '타인과 거리 두기'가 느껴졌다. 내가 직접 느낀 건 아니고 함께 방문한 지인이 대화하면서 받은 감정이다.

그래도 우리가 이 서점에 가진 호감에 반응했는지 몇 가지 대답을 해주기는 했다. 제일 먼저 물어본 '장사가 잘되는지'라는 질문. 출판계의 불황과 서점이 점점 줄어드는 추세에 어떻게 대응하고 있는지 궁금했다.

생각하면 아르바이트생에게 물어볼 질문은 아니었지만, 의외로 좋은 대답을 해줬다. 출판계의 불황은 신간 서적에 국한된 것이고, 중고 책 시장은 가파르지는 않지만, 꾸준히 성장하는 추세라고 말했다. 오프라인 매장을 두지 않고 온라인을 통해 중고 책을 판매하는 업자들이 증가해 오프라인 매장을 둔 서점이 영향을 받기는 하지만 중고 책 유통시장의 파이가 커지는 만큼 긍정적인 면도 함께 존재한다는 말도 함께 돌아왔다.

아주 엑설런트했지만, 궁금점이 생겼다. 도대체 왜 일본에서 중고 책을 사고파는 시장이 활황인지에 대한 의문이다. 일본 경제의 불황을 이유로 생각해 봤지만 아무리 일본의 경제가 30여 년째 어렵다고 해도 일본의 교역량은 세계 3위 수준이다. 중국이 경제적으로 급부상하기 이전 지금 중국의 자리에 일본이 있었다.

일본의 불황이 어느 정도인지 가늠하기 어렵지만, 새 책 한 권 못 사볼 형편은 아닐 것이다. 읽은 책을 사고팔면서 감정도 함께 공유하는 게 아닐까 생각했지만, 터무니없이 감성을 강요하는 기분이다. 이것까지 그에게 물어볼 수는 없고, 이 궁금증은 일단 묻어두기로 했다.

이 서점의 이름 이치니치를 우리말로 풀자면 하루一日다. 이곳에서 멀지 않은 쇼와 거리에 백 년이라는 뜻의 이름을 가진 서점 햐쿠넨百年이 있다. 두 곳 다 다루모토 미키히로樽本樹廣라는 이가 주인이다.

쇼와 거리까지 걸어 햐쿠넨에도 들러보기로 했다. 이치니치에서 느낀 세련된 감각이 햐쿠넨에도 유감없이 발휘되었고, 찾는 이 역시 젊은 여성이 많았다. 햐쿠넨의 위치는 이치니치보다도 찾기 불편한 위치에 있었는데 방문객 수는 오히려 더 많은 편이었다.

햐쿠넨은 2006년에 처음 생겼다. 그때 서점 주인 다루모토 미키히로의 나이가 26살이었다고 한다.

무언가를 창업하기엔 이른 나이라고 생각했지만, 실패해도 다른 일을 다시 시작할 수 있는 나이라고 생각했다고 한다. — 젊다는 게 이래서 좋은

거다. ―

당연히 고생도 하고 '문을 닫아야 하나'하는 고민도 하고 그러다 서점을 찾는 이들과 소통하며 이들의 니즈를 파악하고 그걸 충족시키기 위해 노력하고 그래서 운영에 안정을 찾고…. 인간극장에서 흔히 들을 법한 스토리다. 하지만 이게 정석이고, 비법이 아닐까? 세상살이에 대단한 지름길이란 없다. 힘들거나 혹은 지루한 과정 없이 이루어지는 결과는 없다. 만약 그렇지 않은 이가 있다면 그건 그냥 비 오는 날, 벼락을 맞을 확률과 비슷한 정도의 행운이 찾아온 것뿐이다.

그렇게 정석대로 서점을 운영해 온 다루모토 미키히로는 집에 가는 길에 들르는 편의점 같은 서점을 만드는 게 목표라고 했고, 그의 말처럼 서점 두 곳은 동네 사람들의 일상에 녹아든 듯했다. 서가를 구성하는 책도 자신의 관점이 아니라 서점을 찾는 이들과의 커뮤니케이션을 통해 정하고 있고,

다양한 북 토크와 책 읽기 모임을 열어 많은 사람과 소통을 이어가고 있다고 한다.

서점은 그렇다. 내가 방문한 서점은 작건 크건, 오래되었건 몇 년 전에 생겼건 나름의 이야기가 있다. 서가에 꽂힌 책 한 권마다 주인이 하고 싶은 말, 듣고 싶은 이야기가 있고 그게 저마다의 사연과 함께 서점의 공기를 타고 나에게 전해졌다.

하지만 이치니치와 햐쿠넨은 다르다. 주인이 아니라 이 서점을 찾는 이들의 이야기가 있다. 퇴근길에 잠깐 만나 인사를 건네고 잡담을 나누는 소소한 동네 사람들의 일상이 이 서점에 가득하다.

책 한 권을 산 후에 햐쿠넨을 나서는 나도 그들의 일상에 들어가, 서로를 바라보는 풍경이 되고 싶다.

이치니치

Add. 도쿄도 무사시노시 기치조지 혼마치 2-1-3 이시가미빌딩 1F

Open. 12:00~19:00 | 정기휴무 화요일

Site. www.100hyakunen.com/pr

중고 책 / 새 책 판매

햐쿠넨

Add. 도쿄도 무사시노시 기치조지 혼마치 2-2-10 무라타빌딩 2F

Open. 12:00~20:00 | 정기휴무 화요일

Site. www.100hyakunen.com/pr

중고 책 / 새 책 판매

바사라북스

당신이 꼭 읽어야 할 책이 여기 있습니다

식당과 술집, 카페가 모여 있는 기치조지의 번화가 미나미마치는 꽤 매력적이다. 해질녘 어스름한 하늘 아래로 상점 간판에 불이 들어오는 순간의 거리가 무척 포근해 보였는데, 길을 걷는 내내 특별한 게 없는 이 평범한 풍경이 주는 포근함의 근원에 대해 생각했다. 주변에 높은 건물이 없는지라, 좁은 길 끝으로 하늘이 한눈에 들어왔는데, 그게 이 거리가 포근해 보이는 이유가 될 수 있을까? 따져보면 굳이 고개를 들지 않아도 시선의 끝자락에 하늘이 걸치는 경험을 하는 일은 생각보다 드물었던 것 같기도 하다.

아무튼, 번잡한 거리 한가운데에서 왜 그런 감정이 생겼는지 모르지만, 한번 가보기 바란다. 제법 괜찮은 분위기를 느낄 수 있다.

거리 분위기 정도만 보고 도쿄로 돌아가려 했는데, 서점 두 곳을 만났다. 수줍게 숨어 있는 듯한 서점들 때문에 이 거리가 푸근하게 느껴진 것 같다는 낯간지러운 표현 따위는 집어치우자.

꼬치 굽는 냄새에 혹해 고개를 돌렸는데, 노란 불빛이 새어 나오는 작은 서점이 있다. 잘 정돈된 서가가 매력적이지만, 서너 평이나 될까 싶을 정도로 공간이 협소하다. 책을 고르는 사람이 한 명 있었는데, 나까지 들어가면 어깨라도 부딪칠 듯해 잠시 기다려야 했다. 공간은 좁아도 큐레이션은 훌륭했다. 영화, 미술, 사진을 주제로 한 아트북이 중심이고, 매장이 작아서인지 많은 고민 후에 엄선한 책 중심으로 비치해 놓은 것 같다.

책을 눕혀놓고 전시하는 판매대는 없고, 대부분 책장에 꽂혀 있는 구성이라 책 등을 보는 것만으로는 정보를 한눈에 파악하기 어려웠지만, 책을 하나하나 속이 비치는 얇은 종이로 곱게 포장해 꽂아 둔 정성에 눈길이 갔다. 이치니치와 햐쿠넨은 서점을 들르는 이의 이야기로 가득한 공간이라고 했는데, 이곳은 주인의 이야기가 중심이다. 서가의 책을 한 권 꺼내는 순간 "이 책은 꼭 읽어야 합니다."라는 주인의 조곤조곤한 목소리가 들릴 것 같다.

바사라북스

Add. 도쿄도 무사시노시 기치조지 미나미마치 1가-5-2 기치조지사우스빌딩 101

Open. 13:00~23:30 | 정기휴무 월요일(월요일이 공휴일이면 화요일 휴무)

Site. basarabook.blog.shinobi.jp

중고 책 판매

후루혼센터

보물을 발견할 수 있는 고서점

바사라북스에서 대각선 방향 10여 미터 거리에 있는 중고책 판매 서점 후루혼센터는…. 도저히 말이나 글로는 표현이 어려운 분위기다. 만화나 사진집, 잡지, 문고본 등 종류를 가리지 않고 판매하는 곳인데 그러니까 이 분위기는 사진으로나 설명이 가능하다고 할 수 있을까?

직접 가보지 않은 이와는 도무지 감정 공유가 힘든 곳인데, 구글에 등록된 리뷰 하나가 나를 대신해 이 서점을 훌륭하게 표현해 줬다.

"주인이 도시락을 먹다 거스름돈을 건네주었다."

이런 분위기다. 영업장소에서 주인이 음식 먹는 것을 일본에서는 본 적 없다. 물론 있을 수도 있겠지만 나는 못 봤고, 음식을 먹으며 손님 응대하는 일은 더욱이 상상하기 어렵다. 뭔가 편하게 들어가서 책을 고르고 주인에게 짧은 농담도 건넬 수 있는, 그런 곳 같기는 하다.

대부분 서점은 주인의 애착과 자부심으로 가득한 공간이어서 나도 함께 진지해질 수밖에 없는데, 여기는 아주 마음 편하게 책을 구경할 수 있을 듯하다.

물론 이 서점이 대충 운영되는 곳이라는 의미는 아니다. 명확하게 정

誠実買入 古本センター
AM 11:00~
PM 9:00
宮沢りえ 篠山紀信
ANDREW WYETH

의하지 못하고 장황하게 이곳을 설명해야 하는 나도 답답하다.

후루혼센터는 거리에 나와 있지 않고, 건물 안쪽에 숨은 듯 자리한 바람에, 길을 지나다 우연히 들르기에는 거의 불가능해 보인다. 뭐랄까, 허술해 보이는 꾸밈새지만 아마 오랜 기간 한자리에서 책을 팔며 쌓은 탄탄한 내공으로 좋은 책을 준비해, 많은 단골을 둔 숨은 강자가 아닐까? 하는 생각이 들었다. 만약 그렇다면 감히 밥을 먹으며 거스름돈을 건네는 당당함을 이해할 수도 있을 것 같다.

아, 이 서점과 비슷한 곳이 생각났는데, 바로 신주쿠의 돈키호테다. 정신없는 분위기지만, 없는 것 빼고, 다 있을 것 같은 곳이다. 하지만 만화건 잡지건 오래전에 출간한 책이 중심이고, 서가에 꽂힌 책도 찬찬히 보면 인문과 문학의 비율이 높아 무척 진지한 큐레이션인 것을 알 수 있다. 산만해 보이는 첫인상 때문에 이 서점이 가진 매력을 허투루 본 것 같아 주인에게 살짝 미안한 마음도 들었다.

구글 리뷰 중 "보물 같은 책을 찾을 수 있는 좋은 구성"이라는 평도 있었는데, 나도 이곳에서 보물을 하나 얻었다. 진보초의 마그니프 서점에서

1980년대 〈스튜디오 보이스〉를 보고 이것저것 검색하다 휴간되었던 이 책이 다시 복간되었다는 정보를 찾고 서둘러 준쿠도로 달려갔지만, 다시 휴간되었다는 말을 들었다는 가슴 아픈 사연(?)을 이야기했다.

그 〈스튜디오 보이스〉 1987년 판과 2002년 판을 이곳에서 발견했는데, 가격이 겨우 330엔과 275엔이었다. 두 권을 합한 값이 605엔이라는 게 믿어지지 않아 6,050엔을 내놨는데, 가격을 한참 설명했는데도 내가 못 알아듣자, 차액 5,445엔을 내 손에 직접 쥐여줬다. 입이 떡 벌어지는 내 표정을 보고 서점 주인도 사람 좋아 보이는 미소를 지었다. 이 책이 더 있는지 서점을 다시 뒤졌지만, 더는 없었다. 추가 득템에 실패했지만 만족스러웠다.

한국에 돌아와 〈스튜디오 보이스〉에 대한 정보를 정리하기 위해 인터넷을 검색하다 2002년 판을 중고마켓에서 7만 원에 판매한다는 글을 발견했다. 〈스튜디오 보이스〉는 디자인이 항상 훌륭하지는 않다. 테마에 따라 레이아웃과 그래픽이 현란할 때도 있지만, 평범한 구성인 경우도 많다. 오래됐다고 가격이 비싼 건 아니고, 테마가 멋지면 아주 비싼 돈을 내야 하지만, 그렇지 않다면 그저 종잇값 정도로 살 수도 있다. 내가 산 두 권은 테마와 디자인이 뛰어난 수준은 아니다. 하지만 낸 돈의 가치를 훨씬 뛰어넘는 건 틀림없다.

자칫 지나칠뻔한 허름한 서점에서 귀하고 멋진 책을 얻었다. 사람이건, 서점이건 외모로 모든 걸 정의하는 게 얼마나 바보 같은 짓인지를 깨닫게 한 후루혼센터의 주인은 도시락이 아니라, 사케를 한잔하다 잔돈을 건네줘도 되는 분이시다.

그리고 기치조지의 미나미마치가 푸근하게 느껴진 건 아마도 후루혼센터古本センター에서의 기분 좋은 경험 때문일 것이다.

후루혼센터

Add. 도쿄도 무사시노시 기치조지 미나미마치 1-1-2 오타케빌딩 1층

Open. 11:00~22:30

Site. furuhonsenter.jimdofree.com

중고 책 판매

〈스튜디오 보이스 STUDIO VOIVCE〉

일본을 대표하는 패션 잡지 〈류코쓰신流行通信〉을 발행하는 류코쓰신샤에서 1976년 창간했다. 초기에는 신문의 절반 크기인 타블로이판 형태에, 연예인이나 문화 예술인을 대상으로 한 인터뷰 중심으로 지면을 구성했다. 창간 당시 앤디 워홀의 시각적 정체성이 고스란히 투영된 잡지인 〈인터뷰Interview〉와 업무 제휴를 맺었고, 그 덕에 형식의 유사성과 디자인의 파격이 상당했다. 〈보그 재팬 Vogue Japan〉 〈브루투스 Brutus〉 〈GQ 재팬〉 등을 디자인한 후지모토 야스시藤本やすし가 아트디렉터를 맡았던 1990년대, 디자인의 과감함이 절정에 달했다.

STUDIO VOICE

MULTI-MEDIA MIX MAGAZINE

ファンタジア150

Fantasy for real

いま、最も有効なファンタジー映画&書籍150!

「ロード・オブ・ザ・リング」から
「マルホランド・ドライブ」まで

5
VOL.317
MAY
2002
680Yen

〈스튜디오 보이스〉는 2018년 9월부터 2019년 9월까지 3회에 걸쳐 음악과 미술, 패션 그리고 문학 중심으로 아시아의 문화 시장을 분석한 기사를 집중적으로 실었는데, 'Flood of Sounds from Asia', 'Self-Fashioning from Asia', 'We all have Art'가 각각의 테마이다.

아시아 문화 3부작 시리즈의 완결편인 415호 'We all have Art'는 노벨문학상을 받은 작가인 프랑스의 르 클레지오가 서울을 배경으로 쓴 소설 〈빛나-서울 하늘 아래〉의 소개를 시작으로, 일본에서 주목받고 있는 한국 문학을 집중적으로 분석한 기사를 실었다. 또 태국, 인도네시아, 필리핀은 물론 상대적으로 주목도가 떨어지는 캄보디아와 라오스의 문화 예술 그룹을 심층 취재했고, 정치적으로 혼란한 상태인 홍콩의 젊은 영화인들이 가진 문제의식과 영화를 통한 사회 참여적 활동도 파헤쳤다.

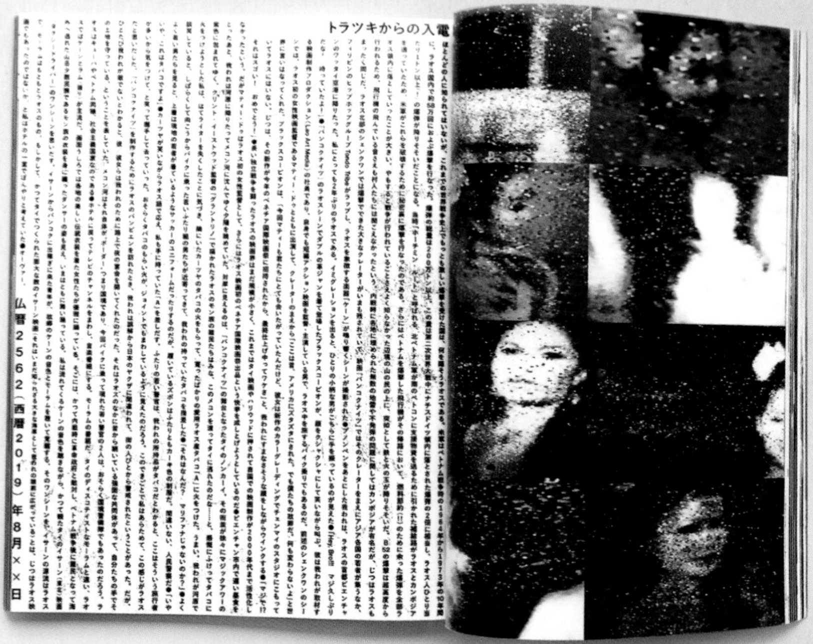

トラツキからの入電

[illegible]

仏暦2562(西暦2019)年8月××日

아시아의 음악을 주제로 한 413호와 아시아 여러 나라의 패션 크리에이티브를 다룬 414호 역시 한국은 물론 중국, 대만, 인도 등 아시아 곳곳을 취재해 작성한 깊이 있는 기사가 가득하다.
〈스튜디오 보이스〉는 2009년 휴간했다. 이후 2012년과 2013년 두 번의 특별호를 발행했고, 2015년 연 2회 발행을 목표로 복간되었지만, 2019년 9월 415호를 마지막으로 폐간되었다.
휴간과 복간을 오가다 결국 폐간될 만큼 어려운 여건이었지만, 쉽게 다루기 어려운 주제를 폭넓고 깊이 있게 분석해 뽑아낸 멋진 기사들을 3회에 걸쳐 우리에게 선사하고 떠났다.

내가 사랑한, 진짜 멋진 잡지 〈스튜디오 보이스〉다운 장렬한 최후다.
잘 가, 〈스튜디오 보이스〉.

논키

어디 한번 게으르게 살아볼까?

기치조지역에서 주택가로 들어서는 길목에 있는 서점 논키古本のんき를 못 찾아 한참을 헤매다 귀엽다는 뜻의 "가와이かわいい"를 연발하며 휴대폰으로 서점을 찍는 여성 때문에 자칫 지나칠 뻔한 논키를 발견할 수 있었다.

서점을 찾게 해준 건 고마운데, 도대체 이 수수한 외관의 어느 구석이 가와이하다는 건지 알 수 없다. 아무래도 겉모습보다 이름이 귀엽다는 게 아닐까?

논키のんき는 우리말로 번역하면 느긋한, 만사태평 혹은 게으름을 피운다는 뜻이다. 번역한 뜻으로 생각하면 귀엽고 재미있는 이름이 맞는 것 같다. 서점 이름은 진지한 경우가 많은데, 반쯤은 장난스러운 반은 남모르는 철학을 담고 있을 듯한 논키라는 이름이 귀엽기도, 혹시 모를 숨은 의도가 궁금하기도 하다.

생각해 보면 책은 원래 느긋하게 읽어야 하는 거 아닌가? '당신이 꼭 읽어야 할'이니 '필독서' 같은 제목이나 광고 문구를 내세워 안 읽으면 큰일이라도 생길 것처럼 윽박지르는 통에 책은 치열하게 읽어야 하는 부담으로 느껴지기도 한다. 실용서나 돈 얘기가 없는 책을 들고 있으면, 종종 "한가하

Ken's shop
Metal works & Antiques
古本
のんき

古書展
レース編
Václav Čtvrtek

게 책이나 읽고 있네."라는 타박을 받기도 한다. 바쁘게, 실리적으로 살라는 뜻일 수 있지만, 책 읽는 게 생산성 없는 행동이라고 비난하는 말이기도 하다. 조용한 카페에서 책 몇 장 넘기는 시간이 아깝게 느껴지는 인생이라면, 성공했건, 성공을 위해 달려가는 중이건, 조바심내며 사는 그 모습이 아름다워 보이지는 않을 것 같다. 어쨌건 바쁘게 오가야 할 것 같은 전철역 모퉁이에 이런 이름의 서점이 있는 건 즐거운 일이다.

이름과 달리 서점 바깥과 안의 잘 정리된 책장을 보면 주인은 전혀 논키하지 않은 사람 같다. 책장의 책은 높낮이가 잘 맞춰져 있고, 좁은 공간 중앙에 낮은 책장을 두고 그 위에 동화책 몇 권을 세워두면서 답답함을 없앴다. 시선을 끄는 특별한 장식은 없고, 천장에 매달아 둔 귀엽지도 멋있지도 않은 장난감 새 한 마리가 유일한 소품인데, 이걸 매달아둔 의도를 알 수 없다. 천장을 높아 보이게 하려는 거 같은데, 오히려 시야를 막아 답답하고 천장이 더 낮아 보여 차라리 없는 게 좋겠다는 생각이다. — 주인이 다른 곳을 보고 있을 때 새를 몰래 떼서 도망가고 싶다.—

책은 한 분야에 치우치지 않고 만화와 실용서를 비롯해 역사, 철학, 문

학 등 장르가 다양하다. 중고 책을 파는 작은 서점은 주인의 취향이 반영된 컬렉션이 주를 이루는 경우가 많은데, 논키는 그 취향이 도드라지지 않는 편이다. 그렇다고 주인의 관심 분야가 전혀 없는 것은 아니고, 눈에 잘 띄지 않는 책장 아래쪽 한 편에 일본식 씨름인 스모すもう 관련 책이 그득하다.

주인은 신간과 중고서점에서 근무한 경력을 바탕으로 2021년 봄에 이 서점을 차렸다. 개업한 지 얼마 안 되어 실내가 정갈한가 했지만, 주인의 이야기를 들어보니 이 서점은 10년, 20년이 지나도 흐트러지지 않을 것 같다. 서점 간판에 쓰인 논키는 관련 책을 참고해 직접 디자인했고, 책장도 동네 목재소에서 나무를 사서 직접 만들었다고 하는데, 지금까지 손수 책장까지 만들었다는 주인을 만난 적이 없으니 누구보다 자신의 서점에 대한 애정이 깊은 모양이다.

대학에서 사진을 공부했지만, 자신이 진짜 원하는 일이 무엇인지에 대해 고민했고, 서점에서 아르바이트하는 동안 책과 함께 하는 하루하루가 더 즐거웠고 건강한 목소리로 손님을 맞는 순간이 행복했다고 한다. 결국, 5년의 직장생활을 정리하고 그동안 저축한 돈과 퇴직금으로 기치조지역 근처에 논키를 차리기로 했다. 짧은 기간 모은 돈은 당연히 서점을 내기에는 턱없이 부족했고, 대출에 더해 비용을 아끼기 위해 서점 로고에, 책장까지 직접 만드는 것을 선택했다고 한다.

주인의 바지런한 성격과 움직임을 들어보니, 이 공간이 유독 정갈한 이유를 알 수 있을 것 같았고, 또 시간이 지난다고 그 마음이 쉽사리 식어 서점이 낡아 보일 일도 당연히 없을 듯하다. 이쯤 되면 왠지 건장한 체격을 가졌거나, 깐깐한 인상을 주는 남성이 카운터에 앉아 있어야 할 것 같은데, 씨름을 좋아하고 책장도 직접 만든 이 게으름뱅이 서점의 부지런한 주인은 서른 중반의 당찬 여성 니시무라 미카西村美香이다.

논키

Add. 도쿄도 무사시노시 기치조지 미나미마치 2-4-6

Open. 12:00~20:00 | 정기휴무 화요일

Site. www.nonki-books.com

중고 책 판매

Space. 6

고마바에서
시모키타자와

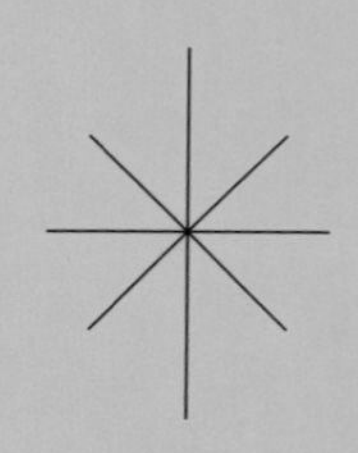

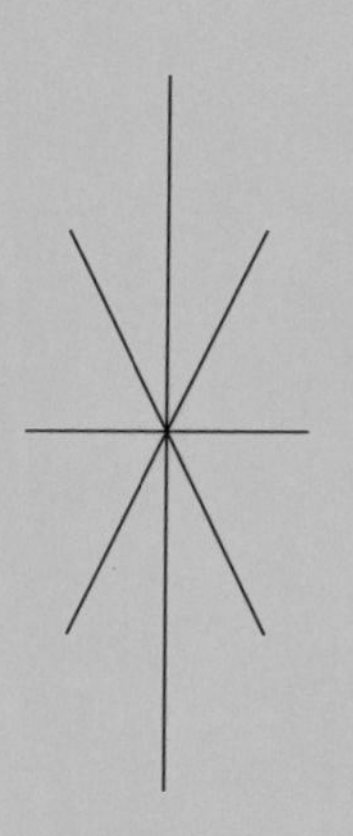

Komaba

Shimokitazawa

분단

클라리스북스

혼키치

고서 비비비

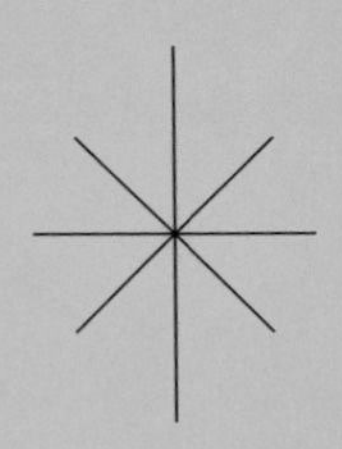

마치 도쿄가 아닌 듯 조용한 주택가 고마바는
느긋하게 살기에 딱 좋은 동네다. 이 동네 끝자락에 있는
일본근대문학관의 운치 있는 북카페 분단에서 마시는 커피 한 잔으로
하루를 시작하거나 마무리할 수 있는 인생이라면 얼마나 행복할까?
요시모토 바나나가 사랑하고, 적당히 혼돈스럽고 절묘한 균형감을
가진 동네라고 말한 시모키타자와. 일 년 내내 뜨거운 이곳의 절묘한
균형감은 곳곳에 숨어 있는 멋진 서점들 때문일지 모른다.

분단

일본근대문학관 안에 있는 북카페 분단BUNDAN coffee and beer의 커피 한 잔으로 하루를 시작하기로 했다. 커피 한 잔으로 시작하는 하루라니, 뭔가 우아한 것 같은 이 일정에 내 마음이 흡족했는지 전철역에서 분단까지의 걸음이 즐거웠다.

도쿄대학교 고마바 캠퍼스를 상징하는 시계탑을 지나 근대문학관까지 이어지는 길은 멋진 집이 즐비한 고급주택가다. 도쿄 한복판이라는 게 믿어지지 않을 만큼 조용한 이 동네 어느 주택에 살며, 주말 아침 느지막이 일어나 산책하다 분단에서 커피 한 잔 마실 수 있는 인생이라면 얼마나 행복할까?

분단은 일본근대문학관 1층에 있다. 미술관이건 박물관이건 로비 한 편에 그곳의 콘셉트를 가져와 공간을 꾸미고 음료나 간단한 식사를 즐길 수 있는 카페 정도는 당연히 있다. 본질은 그림을 보거나 유물을 감상하는 것일 테니, 그 정체성이란 기껏해야 어느 곳의 부속 시설 정도일 것이고, 고속도로 휴게소 정도까지는 아니겠지만, 일부러 찾아갈 만큼의 맛과 시설을 갖춘 곳은 드물지 않을까 싶다.

분단을 방문하기 전 정보를 찾아보며 예상한 분위기도 아마 그 정도에서 크게 벗어나지는 않으리라는 것이었다. 로비 한편의 카페를 보며 예상은 반 정도 맞았다고 생각했지만, 실내에 들어서자 일본근대문학관 안에 있는 것 때문에 주인의 정성스러운 꾸밈과 운영이 부속 시설 정도로 평가절하될 수 있겠다는 마음도 들었다.

이곳이 아닌 다른 장소에 있었다면 더 빛날 카페이고, 일본근대문학관 관람을 제쳐두고 오롯이 이곳에서만 시간을 보내기에도 충분한 곳이었다. 실내에 들어서면 벽 하나를 책으로 채운 서가가 가장 먼저 보이는 구조인데, 나는 왼편의 반쯤 오픈된 주방에서 부산하게 음식을 만드는 셰프의 움직임에 먼저 눈이 갔다. 음료나 간단한 디저트 정도만 파는 곳이 아니라 불로 조리한 음식을 내는, 제대로 운영하는 카페라는 증표로 보였기 때문이다.

그래도 이곳의 상징은 책이다. 주인 구사나기 요헤이草彅洋平가 20대 초반부터 읽고 모은 책이 빼곡하다. 전부 2만여 권이라는데, 속독법이라도 배웠는지 어떻게 하면 2만 권의 책을 읽을 수 있는지 궁금하다.

문학관의 카페라 근엄한 책 위주일 것으로 생각했는데, 만화책도 제법

ドストエフスキー
作家の仕事場
篠山紀信
新潮社
文藝春秋
150回

많다. 어울리지 않는 구성이라고 생각했지만, 어디까지나 주인의 컬렉션이다. 사람이 아무리 책을 좋아해도 딱딱한 책만 읽을 수는 없겠지.

분단카페에서 가장 인상적인 공간은 다자이 오사무가 좋아했던 작가 도요시마 요시오[1]가 생전에 사용하던 테이블과 의자 그리고 그의 책으로 꾸민 책상이 있는 장소다. 작은 탁상용 램프의 불빛 옆으로 가지런히 세워진 책 몇 권과 오래된 선풍기가 있는 풍경은 이 카페와는 다른 곳인 듯 고요한 분위기라, 마치 그의 서재에 들어와 있는 것 같은 기분이 든다. 이곳은 인기가 높아서 책상 위의 컬렉션을 구경하거나 사진을 찍는 사람이 끊이지 않았다. 한참을 기다린 후에 사진 몇 장을 겨우 찍었다.

세 명의 여성이 각자 테이블을 차지하고 식사를 하고 있다. 이 카페의 메뉴는 유명 작가의 작품에 나온 음식을 재현하거나 재해석해 만든 것으로 유명하다. 나와 서너 테이블 건너에 앉은 여성 앞에 놓인 소시지와 양배추 샐러드 그리고 바게트로 구성된 플레이트는 무라카미 하루키의 〈세계의 끝과 하드보일드 원더랜드〉에서 주인공이 먹은 아침 식사와 같은 구성이 틀림없다.

사카구치 안고, 데라야마 슈지 같은 낯선 작가를 테마로 한 메뉴들 속에서, 읽지 않았어도 제목 정도는 들어 본 셰익스피어의 〈맥베스〉를 모티프로 만들었다는 스콘을 발견하니 반가웠다.

'커피 한 잔으로 우아하게 시작하는 하루'에 눈이 멀어 소설 속 이야기를 바탕으로 연출한 식사 메뉴도 있다는 정보를 깜빡하고 아침을 든든히 먹은 터였다. 아쉽지만, 커피와 디저트로 전날부터 야심 차게 계획한 '우아한 하루'를 시작하기로 했다.

커피는 아쿠타가와 류노스케[2]가 좋아했던 브라질산 원두커피의 맛을

---

1 도요시마 요시오豊島與志雄, 1890~1955년는 소설가이자 번역가, 아동문학가다. 1890년 11월 27일, 후쿠오카현에서 태어나, 도쿄대학교 불문과를 졸업했다. 1914년 「제국문학」에 발표한 〈그와 그녀의 숙부〉로 문단에 데뷔했다. 번역가로서 높은 가치를 인정받았으며, 국내 출판된 책은 동화집 〈천하 제일의 말〉이 있다.

2 아쿠타가와 류노스케芥川龍之介, 1892~1927년는 매우 짧은 단편 소설을 주로 발표했다. 〈라쇼몽〉과 〈덤불 속〉 외에 〈참마죽〉, 〈지옥변〉, 〈무도회〉 등의 작품이 있고, 그가 사망하고 8년 후인 1935년 출판사 분게이슌주文藝春秋의 사주 기쿠치 간菊池寛, 1888~1948년에 의해 그의 이름을 딴 아쿠타가와상이 만들어졌다. 이 상은 일본에서 가장 권위 있는 순수문학상으로 평가받는다.

그대로 재현했다는 아쿠타가와 커피.

아쿠타가와 류노스케는 그의 이름을 따서 만든 문학상인 아쿠타가와상을 통해 처음 알았다. 문학상까지 알 정도로 일본 문학에 관심이 많은 건 아니고, 재일교포 몇 명이 이 상을 받았는데, 그때마다 뉴스에서 크게 다뤄 익숙해졌을 뿐이다. 아쿠타가와상은 나오키상과 함께 일본을 대표하는 문학상이다.

하나 더 기억에 남는 것은 구로사와 아키라[3] 감독의 영화 〈라쇼몽〉 시나리오의 원작 〈라쇼몽〉과 〈덤불 속〉을 쓴 작가라는 것이다. 영화를 잘 몰라서인지, 영화사에 길이 남을 명작이라는 평가에 혹해 봤지만, 산만하게 편곡한 라벨의 볼레로가 거슬렸고, 같은 상황이 반복되는 전개가 지루했다.

세상의 영화 평론가들이 극찬하는 영화를 몰라보는 내 안목에 문제가 있나 싶어, 나중에 원작 소설 두 편을 읽어봤다. 영화 〈라쇼몽〉은 '나생문羅生門'이라는 교토의 허물어진 성문城門 처마 아래서 비를 피하는 이들의 대화를 인트로와 아웃트로로 사용하는데, 이 부분은 소설 〈라쇼몽〉에서 가져왔고, 핵심 이야기는 〈덤불 속〉에서 가져왔다. 한 사무라이의 죽음이라는 명확한 상황에 대해, 연관된 인물들이 서로 다른 과정과 결과를 증언하는 심리를 해석하는 게 영화의 줄거리다.

이 영화 이후 하나의 객관적 현상을 서로의 관점에서 주관적으로 해석해 다르게 말하는 상황을 정의하는 용어 '라쇼몽 효과'가 생겨날 정도로 인간의 심리를 탁월하게 분석한 게 영화 〈라쇼몽〉 아니, 소설 〈덤불 속〉이다. 두 편의 소설을 읽고 나서야 구로사와 아키라가 복잡하게 꼬아 놓은 영화 속 이야기 전개가 비로소 이해됐다.

하지만 소설을 시나리오로 한 영화가 원작을 못 따라가는 경우가 많

---

3 구로사와 아키라黒澤明, 1910~1998년는 일본을 대표하는 영화감독이며, 스티븐 스필버그, 마틴 스코세이지, 조지 루카스, 프랜시스 포드 코폴라, 우디 앨런 등 전 세계 거장들의 존경과 찬사를 받음과 동시에 〈쉰들러 리스트〉, 〈스타워즈〉, 〈라이언 일병 구하기〉, 〈반지의 제왕〉 등 수많은 할리우드 영화에 영감을 준 것으로 유명하다. 1951년 베니스영화제에서 황금사자상을 수상한 〈라쇼몽〉을 통해 세계적인 감독으로 급부상했고, 〈7인의 사무라이〉, 〈숨은 요새의 세 악인〉, 〈란〉 등의 대표작이 있다.

분단의 메뉴는 작가의 에피소드나
문학 작품의 내용에서 모티프를 가져와 만들었다.
작품 속 레시피를 가져와 플레이트를 구성하기도 하고,
작품을 재해석해 음료나 디저트의 콘셉트로 삼기도 한다.

은데, 이 경우도 두 편의 소설에 더 점수를 주고 싶다. 원작 〈덤불 속〉 사무라이의 마지막 독백처럼 상상력을 자극하는 문장에 훨씬 마음이 갔고, 완성된 형상을 보여주는 영화보다 글을 통해 마음속으로 나만의 이미지를 만들어 낼 수 있게 유도하는 소설의 장치가 더 매력적이라 그런 것 같다. 지극히 개인적인, 영화도 문학도 아는 게 별로 없는 내 생각이 그렇다는 것이다.

아쿠타가와 류노스케 소설의 간결하지만 강렬한 메시지와 달리 커피는 적당히 산미가 풍기는 부드러운 맛이다.

디저트는 무라카미 하루키의 〈치즈케이크 모양을 한 나의 가난〉을 모티프로 한 치즈케이크와 아이스크림 한 덩어리다. 하루키의 글 속에 레시피가 있는 것도 아니고, 제목에서 모티프만 따온 것이어서 아쉬웠지만, 맛은 훌륭했다.

가난한 신혼 시절의 하루키가 한쪽 벽면으로는 전철이 지나고, 다른 쪽 벽면으로는 화물열차가 지나는, 12등분 한 치즈케이크 모양의 삼각지대에서 살았던 이야기인 〈치즈케이크 모양을 한 나의 가난〉은 시詩처럼 짧고 아름답다.

글 쓰는 것을 직업으로 삼고 사는 이들의 능력은 놀랍고도 신비하다. 하루키의 가난은 내 젊은 시절의 가난과 다를 바 없는 듯한데, 만약 그렇다면 그 곤궁한 하루하루는 말로 표현 못 할 만큼 불편했을 것이다. 하루키가 낙천적인 성격이었는지, 아닌 걸 그럴싸하게 포장하는 글재주 때문인지는 모르지만, 그의 가난은 나의 가난과 달리 찬란해 보였다.

젊은 시절의 하루키는 〈치즈케이크 모양을 한 나의 가난〉의 마지막 문장처럼 아내와 고양이를 데리고 양지바른 선로에서 햇볕을 쬐던, 근사한 봄날 같은 가난을 경험했나 보다.

커피와 케이크 한 조각을 앞에 두고 이런저런 생각을 끌어내는 문학의 힘이란 대단하다. 아쿠타가와와 하루키의 이야기와 함께한 시간이 훌쩍 지났다.

커피건 디저트나 식사건 여러 뜻을 가진 장치에 의미를 두지 않더라도 이곳은 자체로 멋지다. 카페를 설계한 인테리어 디자이너의 이력과 콘셉트가 홈페이지에 소개되어 있을 정도로 공간 구성에도 신경을 쓴 모양이다. 요란하게 드러내지 않으면서 편안한 분위기를 연출한 디자이너의 공력이 느껴진다. 편하게 다리 꼬고 소파에 앉아 두어 시간 책을 뒤적이다 가고 싶은 딱 그런 공간이다.

계산하며 카운터 앞에 놓인 잡지를 한 권 샀다. 세련된 디자인에 끌려 구입했지만, 이 카페의 분위기와 어울리지 않는 비즈니스, 문화 등 다양한 주제를 다루는 라이프 스타일 매거진이다. 무언가 이곳과 인연이 있을 수 있다고 생각했는데, 이 카페를 운영하는 바케루BAKERU라는 회사에서 발행한 것이었다.

바케루는 이벤트, 온·오프라인 홍보, 인테리어와 디자인사업에 매거진까지 발행하는 규모가 제법 큰 회사인데, 이 카페 주인 구사나기 요헤이는 바케루의 전신인 도쿄피스톨Tokyo Pistol의 대표였고, 지금은 바케루의 이사이자 크리에이티브디렉터였다. 역시 사람은 책을 2만 권쯤 읽어야 출세하는 모양이다.

✳

분단

Add. 도쿄도 메구로구 고마바 4-3-55 일본근대문학관 내

Open. 09:30~16:20 | 정기휴무 매주 일·월요일, 넷째 목요일

Site. bundan.net

북카페

클라리스북스

책을 넘어 커뮤니티로의 진화

클라리스북스CLARIS BOOKS의 주인 다카마쓰 노리오高松徳雄는 유쾌하고 부드러운 인상에 반해 무척 직설적인 사람이었다.

"일본의 현실은 암울하고, 미래가 없습니다."

"기시다 총리는 문제가 많습니다. 아주 못하고 있습니다."

구체적으로 왜 그렇게 생각하는지에 대한 물음과 대답으로 이어지지 않았지만, 일본 사회에 대해 이렇게 도발적인 발언을 하는 일본인은 처음이다. 더구나 우리는 초면이 아닌가.

일본의 북디렉터 우치누마 신타로內沼晋太郎와 아야메 노시요부綾女欣伸가 한국 출판계의 젊은이들과 독립서점을 소개한 책 〈책의 미래를 찾는 여행, 서울〉을 보여주며 한국은 일본에 비해 미래가 밝아서 좋겠다는 부러움 섞인 말도 해줬다.

"아…."

뭐라 대답해야 할지 곤혹스러웠다.

"한국의 젊은이들은 힘듭니다. 그들에게 밝은 미래가 있다고 선뜻 말하기 어렵습니다."

당당하게 한국과 우리 젊은 세대의 미래는 희망차고 밝다고 말하고 싶었지만, 그건 거짓말 아닌가? 안타까웠다. 하지만 시모키타자와의 작은 중고서점 카운터 앞에서 이런 대화가 오갈 수 있다니. 전혀 예상하지 못한 주제였지만 서로의 푸념을 털어놓는 이 자리가 소주잔을 앞에 놓고 열변을 주고받는 술자리 같은 기분이다.

구제 옷을 파는 상점들로 채워진 골목을 요리조리 돌아 어렵게 클라리스북스까지 갔다. 자신의 존재를 크게 드러내는 간판을 생략하는 건 일본 작은 서점들의 트렌드인 듯하다. 클라리스북스도 다녀 본 여느 작은 서점들과 마찬가지다. 간판 대신 스무 권 남짓한 중고 책을 박스에 담아두고 100엔이라는 가격이 적힌 골판지를 무심하게 툭 끼워뒀다. 이름이 아닌 책으로 자신의 정체성을 나타낸 것이다.

좁은 계단을 올라 마주한 2층 출입문 위에는 양 한 마리가 그려진 작은 나무 팻말이 붙어 있다. 이 서점의 상호 클라리스는 영화 〈양들의 침묵〉에서 조디 포스터가 연기한 주인공 클라리스 스털링의 당차고 똑똑한 이미지에 반해서 그 이름을 가져온 것이라고 한다. 양은 극 중 클라리스의 트라우마를 상징하는 장치인데, 당차고 똑똑해서 반한 클라리스 스털링의 상징

ワダエミ 世界で仕事をするということ
ワダエミ 千葉望
仕事術
CLARIS BOOKS
絵本・児童書
ANGKOR
PRINT IN FASHION

으로 해석한 게 재미있다.

10여 평의 실내는 영화, 음악, 사진 등 예술 관련 책 위주로 채워져 있는데, 창문을 막지 않고, 뒤가 뚫린 책장을 둔 바람에 꽂혀 있는 책들 사이로 여러 갈래의 햇볕이 스며들고 있었다.

서가 구성은 일률적이지 않다. 높낮이가 제각각인 다른 형태의 책장이 이어져 있는 바람에 좁은 실내가 산만해 보이지만, 장르별로 잘 큐레이션한 책이 꼼꼼하게 정돈되어 있다.

책 구경을 하다 카운터 앞의 주인으로 보이는 이와 잠시 이야기를 나눌까 했는데, 할머니 한 분과의 대화가 끊어지지 않는다. 한참 후에 돈을 내고 나가는 걸 보니 책을 사러 온 손님이었나보다.

슬금슬금 가서 인사를 건네고 이것저것 물어봤는데, 밝은 표정으로 많은 이야기를 해줬다. 진보초 고서점에서 10년간 근무한 주인은 이 동네에

서점을 내면서 자신이 좋아하는 분야의 책으로 고객을 만나고 싶었다고 했다. 철학과 문학에 관심이 많아 초기 컬렉션은 두 분야에서 크게 벗어나지 않는 구성이었다고 한다.

하지만 서점을 방문하는 이들의 요구를 반영하다 보니 어느 틈엔가 장르의 구분이 없어졌다고 했다. 이 지역이 젊은 층을 대상으로 한 소극장과 다양한 라이브클럽이 많은 지역이라 연극, 영화, 음악, 사진 등 시모키타자와다운 책이 많아졌고, 여기에 철학과 문학이 함께하는 것으로 컬렉션을 완성했다고 한다.

주변 환경을 반영하고, 서점을 찾는 이들과의 소통을 통해 자연스럽게 서점의 색깔을 만들어 낸 것이다. 작은 서점에서 소통은 안정적인 운영을 위한 필수 요소다. 소통을 바탕으로 서점이 운영되고, 더 나아가 커뮤니티가 만들어지고 그 교류를 위한 장소가 되고…. 책이 드나드는 곳에서 사람이 드나드는 곳으로 서점이 변신하는 것은, 일본뿐 아니라 한국의 작은 서점에서도 오래전부터 이뤄지고 있는 시스템이다.

클라리스북스도 소통의 중요성을 인지한 것은 마찬가지인데, 재미있는 것은 이들이 만든 커뮤니티가 자신들의 이야기를 담은 작은 매거진을 발행하고 있다는 것이다. 어떻게 매거진까지 내는 커뮤니티로 발전했는지 궁금했다. 처음엔 서점을 들른 이들이 이런저런 책도 있으면 하는 주문을 했고, 그걸 받아들여 추천받은 책을 준비해 놓으며 소통이 시작됐고, 그렇게 서점을 들르던 이들이 주고받던 이야기를 통해 공통의 관심사가 모이자 이걸 책으로 내면 어떨까 하는 의견이 나왔다고 했다.

그중에 디자이너가 있어서 편집 디자인을 맡았고, 사진을 취미로 삼는 이가 있어 표지 이미지를 담당했단다. 한 사람 건너 한 사람 알음알음으로 연결된 이들이 서로의 재능을 기부하고, 하고 싶은 이야기를 책을 통해 털어놨다고 한다.

다루는 주제가 어떤 것들인지 물어봤는데, 주인이 관심을 가진 영화 이야기나 음악, 연극 등 시모키타자와스러운 이야기가 주를 이루지만, 요즘 일본 사회의 공기가 답답해서 그걸 우회적으로 비판하는 글도 제법 싣는다고 했다. 서점 주인이 일본의 어두운 현실에 대해 푸념을 털어놓은 게 이때였다.

그동안 발행한 10여 권의 매거진 중에서 한 권을 추천해 달라고 했더니 일본 사회와 정치를 비판하던 당찬 모습은 어디로 갔는지 무척 쑥스러워하며 최신호를 한 권 집어주었다. 매거진의 이름은 빛을 비춘다는 뜻의 〈투광投光〉이다. 빛이 어느 곳을, 무엇을 비추는가는 44쪽의 이 작은 책을 읽으면 알 수 있을 것이다. 형편없는 일본어 실력으로 빛의 목적지를 알아내는 게 버거운 일이겠지만, 어떻게든 그들의 이야기를 읽어보고 싶다.

생각해 보면 이건 참 불편한 일이다. 종이가 아니라 온라인에 올린 글이라면, 번역기를 통해 우리말로 바뀐 텍스트를 후루룩 읽어버리면 될걸, 머리를 긁적이며 더듬더듬 읽어야 한다니. 아날로그 시대가 저물어 가는 걸 안타까워하는 한물간 디자이너지만, 어느새 나도 상당 부분, 이 편한 세상에 적응된 것이다.

중고서점에서 일했고, 중고 책을 파는 서점까지 낸 입장에서 중고 책이 가진 매력이 무엇인지 물었는데, 재미있는 대답을 해줬다. 새 책은 상태건, 가격이건 모든 조건이 동일하지만, 중고 책은 같은 책이라도 각기 다른 개성을 갖고 있어서 매력적이라고 했다.

낡은 책, 덜 낡은 책, 누군가에게 선물하며 짧은 메시지를 넣은 책, 처음 나온 초판과 몇 년 후에 다시 출판한 책의 가격 차이까지 책마다 서로 다른 사연을 품고 있는 게 중고 책이라고 했다. 그 책이 사람과 사람을 거쳐 누군가에게 전달되어 다시 읽히며 보이지 않는 관계가 생성되고, 자신은 중간에서 그 다리가 되는 역할을 하고 싶다고 말했다.

기치조지의 서점 이치니치에서 일본의 중고 책 시장이 왜 활황인지 궁금했었다. 클라리스의 주인 다카마쓰 노리오의 말이 궁금증에 대한 완벽한 답은 아니겠지만, 중고 책을 사고파는 이들의 감성이 정말 그렇다면 그간 들렀던 작은 서점들의 공기가 푸근했던 이유가 무엇인지에 대한 답은 될 수 있을 듯하다.

클라리스북스

Add. 도쿄도 세타가야구 기타자와 3-26-2 2층

Open. 평일 12:00~20:00 일요일 12:00~18:00 | 정기휴무 월 · 공휴일

Site. clarisbooks.com

중고 책 판매

혼키치

누구나 책에 진심이겠지만

어느 일본 블로거가 시모키타자와下北沢를 말하며 뜨겁다는 뜻의 아쓰이あつ-い라는 표현을 썼다. 촌스럽긴, '아쓰이'한 곳이 아니라 '핫'한 곳이라고 했어야지. 어떻게 표현하건 시모키타자와는 젊은이 중심의 문화가 발달한 뜨거운 동네다. 곳곳에 소극장과 라이브클럽이 있고, 세련된 스타일의 가게가 즐비하다.

당연히 이 동네의 서점도 앞에 소개한 클라리스북스처럼 대부분 개성 넘치고 멋지다. 하지만 어디까지나 '대부분'이다. 모든 서점이 다 그런 것은 아니고, 예를 들면 혼키치ほん吉처럼 개성은 전혀 찾아볼 수 없는 평범한 서점도 있다. 뭐, 나쁜 의미로 이야기하는 건 아니다.

시모키타자와의 핫플레이스에서 살짝 벗어난 곳에 있는 혼키치는 이 동네가 아니라 진보초에 있어야 할 듯한 외관과 실내 꾸밈새를 갖고 있다. 중고 책을 파는 서점치고 제법 넓은 면적에 천장이 높아 답답함은 덜하지만, 맨 위 칸까지 손이 닿을 수 있을까? 하는 생각이 들 정도로 책장도 높고 책도 빼곡하다. 책 외에 별다른 장치도 없어 도서관 서가처럼 단조롭다.

신기한 건 이 수수한 분위기에도 불구하고 손님이 많았는데, 어느 정

Beatles
ELECTRIC GUITAR MECHANISM
暮しの手帖
Discover Japan
アイリッシュ・クロッシェレース
モチーフ106
terminal
Olive

도냐면, 내가 둘러 본 도쿄의 서점 서른네 곳 중에서 손님 수는 단연 최고였다. 물론 모든 서점에서 며칠을 머물며 드나드는 사람의 수를 센 건 아니니, 찰나의 경험을 일반화하는 것일 수 있다. 하지만 무슨 일인지 다른 서점을 들렀다 돌아가는 길을 착각하는 바람에 혼키치 앞을 세 번이나 지났는데, 그때마다 서너 명 정도의 손님이 이곳에서 책을 보고 있었다. 그리고 다시 말하지만, 혼키치는 핫플레이스에서 살짝 벗어난 곳에 있어 지나는 사람도 많지 않다.

남자와 여자를 구별하는 선입견을 품고 말하는 것일 수 있지만, 서점의 분위기만 놓고 보면 왠지 나이 든 아저씨가 카운터에 앉아 있어야 할 듯한데, 바쁘게 움직이며 책을 정리하던 여성이 주인이었다. 마스크 때문인지 몰라도 아르바이트생으로 착각할 만큼 어려 보였지만, 미대 졸업 후 4년간의 서점 근무 경험을 밑천 삼아 2008년에 서점을 차렸다고 한다.

처음 서점을 시작할 때 주인 가세 리에加勢理枝는 자신이 갖고 있던 책 5천여 권과 3개월에 걸쳐 구입한 5천여 권의 중고 책을 합해 1만여 권으로 큐레이션을 완성했다고 하는데, 20대 후반의 나이에 5천 권의 책을 갖고 있

었다는 게 놀랍다. 그 책들을 읽고 안 읽고를 떠나 한 권에 1만 원씩 주고 새 책을 샀어도 5천만 원이고, 그 반값에 중고 책을 샀다고 쳐도 2,500만 원쯤이니, 책을 좋아하지 않았다면 불가능했을 수량이고, 금액이다.

주인이 미대 출신이라는 것을 눈치챌 만한 어떤 꾸밈도 없이 서점이 책만 가득한 이유를 알 것 같다. 가세 리에는 책을 좋아하는 사람이고, 오롯이 자신의 큐레이션으로만 손님을 대하는 것이다.

장르를 구분하지 않고 다양한 책을 준비하고, 그 선택은 손님의 몫이라고는 말하지만, 주인 가세 리에가 관심을 두는 분야는 분명히 있다.

성性과 관련된 책이 많다고 하는데, 눈을 동그랗게 뜨고 어느 서가에 있냐고 물어볼 수도 없고, "흠, 그렇군요"라며 침착하게 고개를 끄덕이고 돌아서 한참을 두리번거렸지만 그런 책은 없었다. 머릿속이 음란마귀로 가득한 나는 도색잡지 따위를 생각했고, 주인이 말한 성은 페미니즘 등을 주제로 하는 젠더 이슈 관련 책을 말한 것이었다.

혼키치ほん吉는 책을 뜻하는 혼本에 길吉하다는 뜻의 키치를 붙인 건데, 말장난을 한 건지 모르지만, 음으로만 해석하면 책벌레를 뜻하는 혼키치本きち도 있다. 서점의 간판 얘기는 이제 그만할까 했는데, 마지막으로 한 번만 짚고 넘어가야겠다. 붓글씨를 쓴 화선지 한 장을 서점 유리창에 붙여뒀는데, 바깥에 전시한 책들 때문에 보이지 않았다. 간판이 없다고 생각했는데 한국에 돌아와 촬영한 사진을 유심히 보다 책들 사이로 얼핏 보이는 종이 한 장을 발견했다.

서점 이름도, 간판을 대신한 종이 한 장도 그렇고 왠지 쿨해 보였다. 혼키치는 진보초에 있어야 할 스타일의 서점이 아니라 시모키타자와에 있어야 할, 핫한 동네의 쿨한 서점이다.

혼키치

Add. 도쿄도 세타가야구 기타자와 2-7-10

Open. 12:00~20:00 | 정기휴무 월요일

Site. honkichi.jp

중고 책 판매

고서 비비비

마치 영화 속 서점 같은…

혼키치가 있는 골목을 나와 2차선 도로를 건너면 고서점 비비비古書ビビビ가 있다. 혼키치가 중고서점치고 제법 넓은 면적이라고 했지만, 비비비도 그에 못지않다. 비교해서 미안한데, 오로지 책만 있는 혼키치에 비해 비비비는 한결 아기자기하면서도 잘 정돈되어 있다. 만약 누군가가 중고서점을 배경으로 한 영화 촬영 장소를 추천해 달라고 부탁한다면, —그럴 리 없겠지만— 주저하지 않고 비비비를 소개하고 싶다.

실내에 들어서자 지금까지 들른 서점들과 남다른 기운이 느껴진다. 책이 잘 정리된 넓은 테이블과 그 너머로 유리문을 단 장식장에 눈에 들어왔다. 귀한 책을 따로 보관해 놓은 듯한 이 장식장이 분위기를 한층 엔틱하게 끌어 올린다. 딱 이 자리에서 영화 속 여주인공이 반갑게 인사하는 장면을 연출하면 어떨까? 배우까지 추천을 부탁한다면, —역시 그럴 리 없겠지만— 아야세 하루카나 다카하타 미츠키를 강추하고 싶다. 부질없는 상상이지만, 두 사람을 떠올리는 것만으로도 행복하다.

넓은 테이블 위에 주인이 추천하는 책을 잘 정리해 놓았는데, 상태와 포장이 깔끔해서 새 책을 파는 서점의 홍보용 판매대 같은 느낌마저 든다.

음료를 가지고 들어오면 안 된다거나, 조심스럽게 책을 다뤄달라는 메모까지 이것저것 주문이 많은 듯해 서점을 둘러보는 게 조심스럽다. 이게 다 책에 대한 애정 때문이려니 하는 생각이 들긴 하지만 어딘가 모르게 사람을 주눅이 들게 하는 분위기인 것은 맞다.

문학부터 인문까지 다루는 책의 장르 구분은 없다고 하지만, 가장 비중이 높은 책은 만화 같은 마이너한 계열의 서브컬처 분야라고 한다. 그러면 조금은 더 편한 분위기여야 되는 거 아닌가?

어려서부터 SF나 판타지 계열의 만화나 책을 좋아했다는 주인 바바 고지馬場幸治는 대학교를 다니는 동안 자신이 좋아하는 장르의 중고 책을 파는 서점에서 5년간 아르바이트를 했고, 졸업 후 자신의 서점을 차리기로 마음먹었다고 한다.

주로 다루는 책의 분야만 생각한다면 이 서점은 조금 어수선해야 그 맛이 살 것 같은데, 고상한 문학책이 가득할 것 같은 정돈된 분위기가 낯설다. 서점 주인의 인상도 살짝 날카로운 듯해 감히 말을 걸지 못했다. 하지만 깔끔한 서가를 보면서 책을 대하는 주인의 마음가짐을 알 수 있었고, 재미

있게 지은 서점 이름에서 첫인상과 달리 왠지 유쾌한 사람일지도 모른다는 생각이 들었다.

서점 이름 비비비ビビビ는 우리말로 치면 전기에 감전될 때 나는 소리인 '찌릿' 정도로 해석하면 된다. 사전에 알아본 정보에 따르면 이 서점과의 첫 만남이 전기에 감전된 것처럼 짜릿했으면 한다는 의미에서 지은 이름이라고 한다. '찌릿 서점'이라, 엉뚱하고 재미있는 발상이다.

비비비는 연인과의 관계나 이성과의 첫 만남에서 한눈에 반했다는 정도의 강렬함을 표현할 때 많이 쓰는데, 1980년대 일본을 대표하던 아이돌 가수 마츠다 세이코松田聖子가 처음 사용해서 유행한 말이다. 일본 경제의 호황이 정점에 달하던 1980년대, 돈을 앞세운 연예기획사들의 활발한 투자로 일본의 아이돌 붐이 시작됐는데, 마츠다 세이코는 당시 라이벌이라 할 대상이 없을 정도로 위상이 독보적이었고, 한국에서의 인기도 상당했다.

음, 50~60대 부모님을 둔 세대라면 앨범에서 어머니의 20대 시절 사진을 찾아서 마츠다 세이코와 어머니의 헤어스타일을 비교하면 똑같을 확률이 80% 이상일 텐데, 귀찮게 누가 그 짓을 할까?

그녀를 상징하는 것은 귀엽고 청순한 외모와 발랄함이었는데, 이미지와 달리 연애 관련 스캔들이 많은 편이었다. 여러 남성과 만남과 헤어짐을 반복하던 중 새로 교제하게 된 남성을 소개하며 첫눈에 반했다는 의미로 비비비ビビビ했다는 표현을 썼고, 둘의 결혼 후 결혼을 뜻하는 일본어 겟콘けっこん이 합쳐져 비비비콘ビビビ婚이라는 신조어가 생겨났다.

같은 책을 여러 권 비치하는 경우가 많은 신간 서점과 달리 중고 책을 파는 서점은 같은 책이 여러 권일 수 없어 대부분 서가에 꽂힌 책의 높낮이가 제각각이다. 그래서 중고 책을 파는 서점의 서가는 산만한 느낌을 주는데, 비비비는 용케도 책의 높낮이를 잘 맞춰서 더 말끔하고 빈틈이 없어 보인다. 덕분에 책 한 권을 꺼냈다 다시 꽂을 때도 훨씬 조심스러웠다.

서점의 바닥은 옅은 자주색 타일로 마감했는데, 서점 안쪽 책장 아래의 타일이 두어 장이 벗겨져 콘트리트가 노출되어 있는걸 발견했다. 이걸 보니 비로소 숨통이 살짝 트이고 경직된 마음이 풀리는 듯했다.

비비비로 서로 연결된 마츠다 세이코의 흔적이 이 서점에 있을까 싶어 서가를 찬찬히 살폈지만, 찾을 수 없었다. 하지만 깔끔하게 정돈된 서가 어느 곳엔가 마츠다 세이코의 사진집 한 권이 숨어 있지 않을까?

✳

고서 비비비

Add. 도쿄도 세타가야구 기타자와 1가 40-8 쓰치야빌딩 1층

Open. 12:00~20:00

Site. bi-bi-bi.net

중고 책 판매

Space. 7

다시
기치조지에서

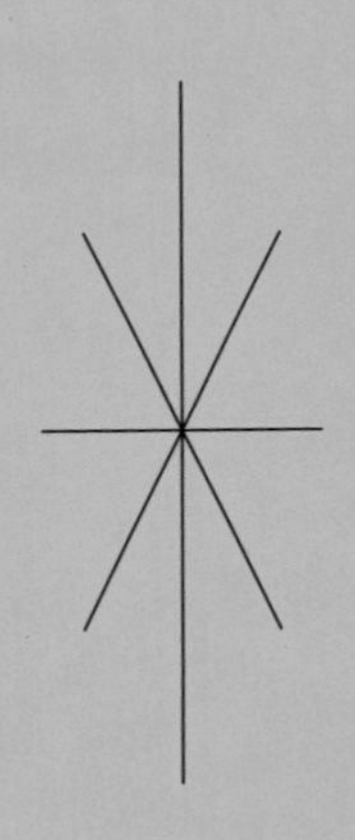

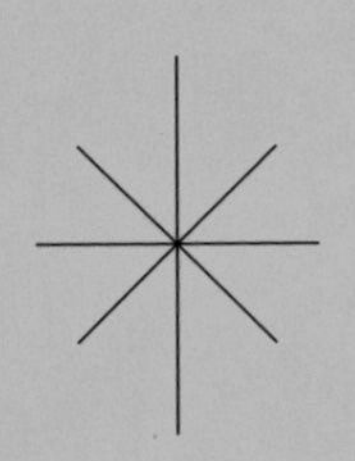

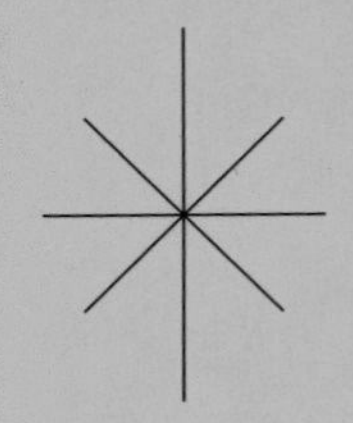

Kichijoji

메인 텐트

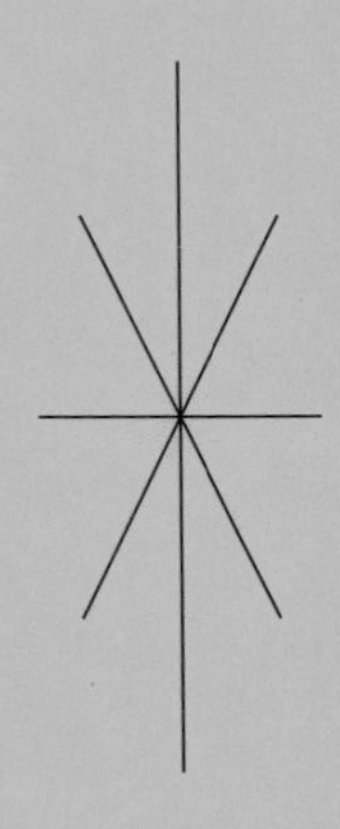

언젠가 마음 흔들리는 일이 생긴다면,
다시 이곳을 찾아 위안받고 싶다. 이 서점 주인의 속내가 어떠한지,
그가 좋은 사람인지, 그의 삶이 행복한지 모르지만, 그저 아름다운
이 공간에 내가 있는 것만으로도 다시 건강해질 수 있을 것 같다.
이곳은 우울한 일상을 보내는 누군가에게 치유를 목적으로
찾아 가보길 권하고 싶은 곳이다.

메인 텐트

인생은 아름다울 수밖에 없지

서점을 나오며 나는 울었다.

서점 주인의 행복한 표정이 부러웠다. 그 표정을 보며 나도 그처럼 행복한지, 내 가족은 행복한지, 내가 사랑하는 모든 사람도 행복한지 스스로 물었다. 또 내가 그들을 행복하게 해 줬는지 나 자신에게 물었다. 그리고 그 대답이 마뜩잖아 눈물이 났다.

기치조지의 아름다운 어린이 책 서점 메인 텐트Main Tent는 주인의 밝은 표정처럼 행복으로 가득한 공간이었다.

그가 정말 행복한지 어떻게 아냐고?

그렇게 물을 수 있다. 처음 만난 이에게 "사실은 서점 운영이 너무 힘들어요."라며 신세 한탄을 늘어놓을 수는 없으니, 억지웃음을 보이며 "그럭저럭 살만합니다."라고 말했을 수 있다. 하지만 말과 표정은 거짓으로 꾸며낼 수 있지만, 주인의 정성으로 가득한 이 서점은 진심일 것이다. 책 한 권마다, 벽과 천장을 장식한 소품 하나하나가 주인의 정성을 품고 있다. 그의 따뜻한 마음이 곳곳에 스며있는 이 공간이 그의 행복을 대신 말하고 있다.

서점 이름 메인 텐트는 서커스 공연을 위한 무대와 객석이 있는 대형

분햇별이 곱게 드리우는 곳에 사자 한 마리가
느긋하게 엎드려 있는 메인 텐트 입구는 언뜻 복잡해 보이지만,
주인이 정성을 담아 꾸민 아름다운 큐레이션으로 가득하다.

THE MAGGIE B.
BY IRENE HAAS
アンデルセン作
おやゆびちーちゃん
FÖDELSEDAGSFEST
せかいのひとびと
みどりのゆび
のゆび
みどりのゆび
100年
100人
100冊

Let's Find Out About the
UNITED NATIONS
Nursery Rhymes

천막을 뜻한다. 서커스 무대에서 춤을 추는 댄서였고, 어릴 적부터 서커스를 동경하던 주인은 이 서점을 자신의 재능과 열정을 발산하던 공연장 메인 텐트처럼 꾸몄다.

서점 문 앞에 느긋하게 엎드려있는 사자 인형을 비켜 안으로 들어가면 어느 한 곳에 눈을 두기 어려울 만큼 작은 공간이 아기자기하게 꾸며져 있다. 한눈에 들어오는 빨간색과 하얀색 스트라이프 커튼이 시작되는 천장에는 촛불을 들고 있는 원숭이 세 마리가 멋지게 조각된 샹들리에가 있다. 카운터 위에 천연덕스럽게 앉아 있는 너구리 인형 한 마리와 앵무새, 호두까기 인형과 오즈의 마법사에 나오는 양철 나무꾼까지 모두 자신의 자리에서 들어오는 이를 반긴다. 밤이 되어 주인이 서점 문을 닫고 집으로 돌아가면, 이들은 잠에서 깬 듯 슬며시 일어나 스스로 움직이며 밤새 춤추고 노래하는 서커스 공연을 시작할 것 같다.

이 인형들 사이, 공간 곳곳에 어린 시절부터 주인이 모은 3천여 권의 동화책이 잘 정리되어 있다. 상상 속 이야기로 채워진 동화책들이 환상 속 공간인 듯한 이 서점에 가득하다. 그저 조용히 문을 열고 서점에 한 발 들어섰을 뿐인데, 현실 속의 나는 이미 존재하지 않는 것 같다. 어린 시절의 내가 동그래진 눈으로 책장을 올려보고 있는 풍경을 상상해 본다.

Words

동화책을 파는 곳이라지만 아이만을 위한 서점은 아니다. 아이 손을 잡고 찾은 부모가 팬이 되기도 하고, 비일상적인 이 공간을 사랑하는 어른들이 찾는 쉼터이기도 하다.

책을 보다 카운터에 팔을 괴고 있는 주인과 슬쩍 눈이 마주쳤는데, 익살스러운 표정으로 인사를 대신한다. 서점 주인은 자신의 이름을 프랑수아 바티스투라고 했다. 고개를 갸웃하는 내게 이름의 유래를 알려줬다. 이 뜻밖의 이름은 한국에서는 〈꽃을 피우는 아이 티스투〉라는 제목으로, 일본에서는 〈녹색의 손가락〉이라는 제목으로 출판된 프랑스 소설가 모리스 드뤼옹Maurice Druon의 동화 속 주인공 이름에서 가져왔다고 했다.

'티스투'라는 애칭으로 불리는 동화 속 주인공 프랑수아 바티스투는 자신이 원하는 곳에 꽃을 피울 수 있는 초록색 엄지손가락을 가진 아이다. 티스투는 이 신비한 능력을 사용해 병원에 꽃을 피워 아픈 아이에게 희망을 주고, 교도소에 꽃을 피워 감옥을 온통 꽃밭으로 만들어 놓는다. 또 우울한 동물원에 꽃으로 가득한 정원을 선물하고, 가난한 동네에 꽃을 피워 관광객이 찾아오는 마을로 만들어 준다. 티스투는 그렇게 행복을 가져다주는 아이다.

티스투는 대포 만드는 공장을 운영하는 아버지가 만든 대포로 전쟁이 일어나자, 대포에서 꽃이 자라나도록 해 못 쓰게 만들어 버린다. 결국 전쟁은 멈췄지만, 아버지의 공장은 망하고 만다. 하지만 티스투의 아버지는 티스투가 만든 꽃을 팔아 다시 안정을 되찾는다. 〈꽃을 피우는 아이 티스투〉는 티스투를 통해 전쟁에 대한 반대와 평화를 이야기하는 반전동화다.

동화 속 티스투처럼 서점 메인 텐트의 주인 프랑수아 바티스투는 사람 좋은 미소로 아이들을 맞이하고, 그 아이들의 마음에 꽃이 자라게 하는 신비한 능력을 지닌 평화주의자 같다.

대화 도중 때때로 변하는 표정이 재미있어 사진을 찍었는데, 서커스 무대의 피에로처럼 재치 넘치는 표정을 보여줬다. 서커스를 좋아하는 이유를 물었는데, 직업으로서 서커스를 사랑하기도 하지만, 어려서부터 서커스가 좋았다고 한다. 어린 시절 마을로 찾아오던 그 서커스다. 조용하던 마을에 갑자기 화려한 가장행렬이 등장하는, 그 요란한 축제의 시간이 좋았다고 한다.

직접 그 무대에서 공연하는 댄서가 되고 나서도 서커스는 여전히 매력적이라고 했다. 관객 앞에서는 웃음과 재미를 선사하지만, 무대 뒤에서는 눈물을 짓고, 자신의 삶에 대해 한없이 고뇌하는 피에로를 이야기하며, 사람의 인생이 바로 서커스 같다고 말해 줬다.

궁금했다. 그도 고뇌할까? 이 아름다운 공간에서 그도 힘들까?

아마 그럴 것이다. 손님은 끊이지 않았지만, 작은 서점의 운영은 녹록지 않을 것이다. 하지만 그는 노력하고 있는 듯하다. 이곳을 찾는 이들에게 아름다운 풍경을 선사하기 위해, 자신이 행복해질 수 있는 공간을 꾸미기 위해 부지런히 움직이며 알차게 하루를 살아가는 것 같았다.

서가에 꽂혀 있어, 꺼내서 보기 전에는 그 내용을 알 수 없는 책들을 위해 그는 작은 종이에 작가의 얼굴을 그리고 짧은 소개 글을 적어 책 옆에 끼워 두었다. 한눈에 책의 정보를 알아볼 수 있도록 배려한 그 정성이 고마웠다. 아이들이 볼 책이니까, 이 정도의 문장이나 글로 만들면 되는 책이 아니라, 진심으로 아이들을 위해 만들어진 책이니까, 그 마음이 아이들에게 제대로 전달되기를 바라는 생각으로 정리했다고 한다. 그 작은 종잇조각을 보며, 이 서점을 찾은 내가 주인에게 따뜻한 대접을 받는 것 같은 기분이 들었다.

주인에게 책을 한 권 추천해 달라고 부탁하니, 티스투의 이야기가 담긴 동화책을 추천했다. 고마운 마음으로 그가 골라준 책을 사기로 했다. 책을 곱게 포장한 후 작은 책갈피 두 개를 보여주며, 하나만 고르라고 했다. 두 개 다 줘도 무방할, 소박한 종이 책갈피지만 허투루 만들지 않은 듯 아주 조심스럽게 꺼내는 모습에 나도 신중히 하나를 선택했다.

화려한 서커스단의 공연이 끝나면 무대와 객석이 있던 메인 텐트는 철거된다. 요란한 축제의 시간은 금방 지나가 버리고, 마을은 다시 일상으로 돌아간다. 하지만 프랑수아 바티스투는 이 동네에서 축제의 시간이 계속됐으면 하는 마음으로 서점을 운영한다고 했다. 그는 그럴 것이다. 매일 화려한 퍼레이드와 공연이 이어지는 서점 메인 텐트에서 초록 손가락의 티스투처럼, 이곳을 찾은 이들의 가슴에 꽃을 피워주며 이 자리를 지킬 것이다.

서점에 머무는 내내 조용하게 들리던 경쾌한 음악을 뒤로하고 골목길로 나섰다. 이제 멋진 공연은 끝났고, 나는 메인 텐트 밖으로 나왔다. 비로소 현실의 세계로 돌아왔다.

피에로처럼 웃는 얼굴 뒤로 이 서점의 주인도 고민하고, 슬퍼하고 가끔 화도 내는 일상이 있겠지만, 그래도 그는 행복할 것이다. 좋아하는 동화책에 둘러싸여서 상상 속 이야기를 사람들에게 전하는, 그 일을 하며 그는 행복할 것이다.

*

메인 텐트

Add. 도쿄도 무사시노시 기치조지 혼마치 2-7-3

Open. 평일 10:30~17:00 토요일 10:30~17:30 일·공휴일 10:30~18:00 | 정기휴무 수요일

Site. maintent-books.com

새 책, 중고 책 판매

녹색의 손가락
미도리노유비
みどりのゆび
글 모리스 드뤼옹
그림 자클린 뒤엠
번역 안도 쓰기오
출판사 이와나미서점
2009년 발행
206쪽
188×160mm

모리스 드뤼옹 Maurice Druon 1918-2009

프랑스의 극작가이자 소설가. 자연주의의 전통을 이어받은 작품인 〈대가족〉으로 1948년에 노벨문학상, 맨부커상과 함께 세계 3대 문학상인 공쿠르상을 받았다. 1973년에서 1974년까지 프랑스 문화부 장관을 역임했고, 1986년 프랑스 한림원의 종신회원이 되었다. 대표작으로 〈인간의 종말〉 〈저주받은 왕들〉이 있으며, 〈녹색의 손가락 티스투Tistoules pauces verts〉는 그가 어린이를 위해 쓴 유일한 작품이다.

자클린 뒤엠 Jacqueline Duheme 1927-

프랑스의 화가. 스무 살에 야수파의 창시자이자, 강렬한 색채와 형태의 작품으로 유명한 앙리 마티스의 제자가 되었다. 어린이 책에 삽화를 그리는 것으로 화가로서의 활동을 시작했으며, 시인 자크 프레베르의 작품에 삽화를 그리며 시적 환상으로 넘치는 생기있는 그림을 창안해냈다.

안녕,
행복한 사람들

언젠가는 산티아고 순례길이나 일본 시코쿠 지역의 사찰 88개를 걸어서 순례하는 오헨로お遍路를 경험하겠다는 상상을 하곤 했다. 자료를 찾아보니 산티아고 순례는 코스에 따라 600~1,000킬로미터, 시코쿠 오헨로는 1,200킬로미터 정도를 걸어야 하고, 하루에 걷는 거리는 20~40킬로미터 정도라고 한다.

이 정보는 미타카의 북카페 포스포렛센스에서 기치조지역 앞의 서점 이치니치까지 걸은 후 숙소에 돌아와 검색해 얻었다. 이날 나는 아픈 발목을 주무르며 산티아고든 오헨로든 걸어서 어딜 간다는 생각은 깔끔하게 접었다. 포스포렛센스에서 주인 다바 미유키와 이야기를 나누고 돌아오는 길에 다자이 오사무의 무덤이 있는 젠린지에 들렀고, 그의 사망 장소가 있는 바람의 산책로를 지나 한참을 걸어 이치니치에 다다랐다. 다바 미유키와 나눈 이야기의 여운이 남아 있었고, 기치조지에 이르는 길이 아름다웠지만, 발목이 아픈 건 아픈 거다.

포스포렛센스는 언젠가 다시 들러 다자이 오사무의 실루엣으로 데커레이션한 카페라테를 꼭 먹고 싶다. 바사라북스와 후루혼센터가 있는 기치조지 거리의 환상적인 저녁 풍경도 다시 만나고 싶다.

동화책 서점 메인 텐트도 기치조지에 있지만, 그날 들르지 않고 다른 날 찾았다. 컨디션이 형편없던 그날, 절뚝이며 메인 텐트를 찾았어도 주인 프랑수아 바티스투의 표정이 행복해 보였을까? 아마도 그랬을 것이다. 이 서점은 일상이 우울한 이에게 치유를 목적으로 방문을 권하고 싶다.

시모키타자와는 젊음과 예술이 함께하는 거리다. 소극장과
라이브클럽 사이로 언뜻언뜻 보이는 작은 서점 몇이
이 핫한 동네의 흥분을 차분히 가라앉히고 있었다.
요시모토 바나나가 시모키타자와를 적당히 소란스러운
동네라고 했는데, 그 '적당히'는 비비비, 혼키치,
클라리스북스 같은 서점이 있기 때문이 아닐까 생각했다.
클라리스북스의 주인 다카마쓰 노리오가 일본의 미래는
어둡다는 푸념과 함께 한국은 그렇지 않은 듯해 부럽다고
했다. 이 말에 한국의 젊은이들도 힘들다고 답했지만, 분야를
책으로 한정 짓는다면 우리에게 희망이 있을지도 모르겠다.
매년 서점이 줄고 있는 도쿄와 달리 서울의 서점은 2019년
324개에서 2022년 492개로 늘었다. 도쿄와 비교해 서점
수가 절대적으로 부족하다고 생각할 수 있지만, 온라인
판매가 발달한 한국 시장을 생각하면 적은 수는 아니다.
아침에 들른 분단카페에서 무라카미 하루키의 소설 〈세계의
끝과 하드보일드 원더랜드〉의 주인공이 먹은 아침 식사를
모티프로 한 메뉴를 주문하지 못한 것은 두고두고 아쉽다.
욕망으로 가득 찬 동네 오모테산도와 어울리지 않는
겉모습을 가진 아주 오래된 서점 산요도의 내부 꾸밈새는
내가 만난 서점 중 가장 아름다웠다. 물론 젊은 주인 만노
료의 멋진 운영도 감탄할 만하다.

신주쿠 토호시네마 앞 광장에는 토요코키즈トー横キッズ라고 불리는 가출 청소년들이 항상 무리 지어 앉아 있다. 가정폭력과 학대, 집단 괴롭힘을 피해 집을 나온 아이들인데, 머물 곳이 마땅치 않은 이들은 잠자리를 해결하지 못하는 날이면 광장에서 노숙을 한다. 불량해 보이는 옷차림 뒤로 감춰진 아픈 상처를 생각하면 측은하고 안타까운 마음이 든다.
이 광장에서 멀지 않은 곳에 기노쿠니야가 있다. 서점에 들어서는 순간 신주쿠의 소란스러움과 순식간에 차단되는 마법 같은 공간이다. 여기서 만난 〈아몬드〉와 〈82년생 김지영〉은 한국 문학이 K-POP과 같은 반열의 K-콘텐츠로 도약할 수 있게 하는 발판이 되고 있다.
신주쿠에 미치지 못해도 시부야 역시 무척 소란스러운 동네였지만, 지금은 꽤 정제된 느낌을 받았다. 역시 갸루의 모습이 보이지 않아서일까?
디앤디파트먼트와 마루마루북스가 있는 시부야 히카리에는 예쁜 카페와 세련된 상점이 가득한 곳이니 책을 떠나서라도 가볼 만한 곳인데, 기왕 거기까지 갔다면 디앤디파트먼트의 d47 뮤지엄은 꼭 가보길 바란다.

세계에서 명품숍이 가장 많은 거리 중 하나로 꼽히는 긴자는
정말 화려하다. 긴자 츠타야는 그 화려함에 뒤지지 않는
멋진 서점이기도 하지만, 일본의 문화를 외국인에 홍보하는
창구로서의 역할이 더 빛나는 곳이다.
실용적이고 저렴한 제품이 주를 이루는 무인양품의
플래그십 스토어가 명품 거리 긴자에 있는 게 언뜻 어울리지
않아 보이지만, 비싸고 귀한 것만 명품이 아니다. 변하지
않는 브랜드 철학을 바탕으로 품질과 디자인, 가격까지 모든
요소에서 소비자를 만족시키는 제품이 진짜 명품이고, 그런
명품으로 가득한 곳이 긴자의 무인양품 플래그십 스토어다.
이 브랜드의 가치관을 읽을 수 있는 무지북스는 4층에 있다.
이와나미서점의 창업주 이와나미 시게오에 대해 좋은
이야기만 했지만, 그는 정한론을 주장한 일본 제국주의와
우익사상의 뿌리 요시다 쇼인吉田松陰을 평생에 걸쳐 존경했다.
그의 평전을 쓴 작가 나카지마 다케시는 이와나미 시게오를
리버럴 내셔널리스트로 표현했는데, 도대체 개인의 인격과
존엄성을 인정하고, 자유를 증대시키는 리버럴리즘과
국가의 이익을 국민의 이익보다 앞세우는 내셔널리즘이
어떻게 양립할 수 있다는 것인지 모르겠다.
진보적 성향을 바탕으로 그와 맥을 같이하는 책을 펴내며
많은 이의 존경을 받았지만, 그는 역시 제국주의
시절 일본 지식인의 한계를 드러낸 인물이기도 하다.
그래도 진보초를 찾았다면 이와나미 북카페는 꼭 들러볼
만한 곳이다.

진보초는 일본 출판의 힘을 보여주는 곳이다. 100년이 넘은 서점이 셀 수 없을 만큼 많은 거리니 길을 걷다 보이는 아무 서점에 들어가도 실망할 일은 없다. 꼭 들러야 할 서점 몇 개를 정하고 갔지만, 책에 소개한 진보초 서점 대부분은 즉흥적으로 방문한 곳이다.

도쿄에서 서점을 둘러보고 주인들과 이야기를 나누며 보낸 여러 날은 행복한 시간이었지만, 처음 며칠은 의문의 연속이었다.
종이책의 시대가 저무는 지금, 대형 서점의 경영은 어떤지, 작은 서점은 어떻게 운영하고 있는지 궁금했다.
책은 잘 팔리는지, 고작 책이나 팔아서 얼마나 버는지, 아무리 생각해도 경영이건, 운영이건 녹록지 않은 형편 같은데, 도대체 어떻게 사는지 궁금했다.
말하자면 나는 지금 '돈'을 이야기하는 거다.
"도대체 어떻게 먹고 살아?"
"책 몇 권 팔아서 월세, 전기세, 수도세는 어떻게 낼 거야?"
라고 끝없이 물었고, 그들은 힘들게 살고 있을 것으로 단정했다.

아마도 포스포렛센스에서 어렴풋이 느낀 것 같기도 하고,
주인 다바 미유키가 내게 그렇게 말한 것 같기도 하다. 그저
좋아하는 일을 하고 있을 뿐이라고, 그래서 행복하다고….
돈과 상관없이 이들은 행복할 거라는 확신이 든 건, 정성으로
꾸민 아름다운 서점 메인 텐트의 주인 프랑수아 바티스투와
이야기를 나누고 난 이후다.
그때부터 내가 만났던, 내가 만나는 모든 이가 행복해
보였고, 그들의 서점이 아름답게 보였다.
구체적인 수치와 데이터 따위도 없이 어떻게 감정이
한 번에 돌변할 수 있냐고 물어본다면, 내 대답은
"그럴 수 있다."이다.
책은 이제 차가운 이성의 영역이 아니라, 따뜻한 감성의
영역으로 바뀌었다. 가장 효율적인 정보 전달 수단이었지만,
온라인 시대에 들어서며 종이를 만들기 위해 숲이나
파괴하고, 돈은 많이 들며, 제약은 많은 비효율의 대명사로
전락했다.
손으로 만들어, 손에서 손으로 전해지는 동안 공유하는
감성마저 없다면 책은 진짜 무의미한 존재가 될 것이다.
이 감성의 영역에 희망을 두고 살아가는 이들이 만들어내는
공간의 따뜻함을 느끼기까지 시간이 조금 걸렸을 뿐이다.
디자인을 위해 쓰던 매킨토시용 마우스를 구석으로 치우고,
계산기를 두드리며 견적서 작성에 몰두하다 감성 따위는
잃어버린 세속적인 내가 행복한 그들 앞에서 돈, 돈, 돈 하며
잠시 조바심을 냈고, 이제야 그 사람들 본래의 모습을
본 것 뿐이다.

"안녕, 행복한 사람들."

좋은 사람들과 좋은 공간에서 함께한 시간이 끝나자
긴 순례를 마친 듯한 기분이 든다.
내 가족이 행복하면 좋겠고, 나도 행복하고 싶다.
모든 이가 좋아하는 일을 하며, 행복한 삶을 살아가면 좋겠다.

책을 준비하는 내내 큰 도움을 준 김종구 님께 감사드린다.
부족한 원고를 다듬고 꾸며 책으로 만들어 준 더디앤씨의 에디터와
디자이너에게 감사드린다.

색인

이와나미북카페
神保町ブックセンター
with Iwanami Books

난요도
南洋堂書店なんようどうしょてん
Nanyodo Bookshop

파사주
パサージュ
Passage by all reviews

도쿄도
東京堂書店とうきょうどうしょてん
Books Tokyodo

유메노서점
夢野書店ゆめのしょてん
YUMENO Book Shop

사와구치서점
澤口書店さわぐちしょてん
SAWAGUCHI-SHOTEN

야구치서점
矢口書店やぐちしょてん
Yaguchishoten

북하우스카페
ブックハウスカフェ
Book House Cafe

도리우미서방
神保町 鳥海書房とりうみしょぼう
Toriumi Book Store

나가모리서점
永森書店ながもりしょてん
Nagamori shoten

보헤미안 길드
ボヘミアンズギルド
Bohemian's Guild

오야쇼보
大屋書房おおやしょぼう
OHYA SHOBO LTD

책거리
チェッコリ
CHEKCCORI

마그니프 진보초
マグニフ
magnif zinebocho

준쿠도
ジュンク堂書店
JUNKUDO

긴자 츠타야
蔦屋書店つたやしょてん
TSUTAYA BOOKS

무지북스
ムジブックス
MUJI BOOK

분키츠
文喫
BUNKITS

디앤디파트먼트
ディアンドデパートメント
D&DEPARTMENT

마루마루북스
渋谷〇〇書店
SHIBUYA maru-maru BOOKS

나디프 바이텐
ナディッフ バイテン
NADiff BAITEN

산요도서점
山陽堂書店さんようどうしょてん
SANYODO Shoten

기노쿠니야
紀伊國屋書店きのくにやしょてん
KINOKUNIYA BOOK STORE

포스포렛센스
フォスフォレッセンス
Phosphorescence

이치니치
一日いちにち
Ichinichi

햐쿠넨
百年ひゃくねん
Hyakunen

바사라북스
バサラブックス
BASARA BOOKS

후루혼센터
古本センターふるほんセンター
Furuhon Center

논키
古本のんき
NONKI BOOKS

분단
ぶんだん
BUNDAN coffee and beer

클라리스북스
クラリスブックス
CLARIS BOOKS

혼키치
ほん吉ほんきち
Honkichi

고서 비비비
古書ビビビこしょビビビ
Bibibi

메인 텐트
メインテント
Main Tent